Герой нашего времени

Михаил Ю. Лермонтов

當代英雄

米哈伊爾・萊蒙托夫——著
宋雲森——譯

啟明

作者

米哈伊爾・萊蒙托夫

一八一四年生於莫斯科，是位俄國的浪漫詩人與小說家。萊蒙托夫的父親是位窮苦的退休軍官，母親則來自富裕的貴族家庭。萊蒙托夫的母親於他三歲時即過世，因此他由外祖母撫養長大，居住在俄國中部。自幼失去母親並與父親分離，使他變早熟並且造成了他的沉默與鬱鬱寡歡的性格。

孩童時期萊蒙托夫在家接受教育，學習多種外國語言，其中包含英語與法語；同時他也學習繪畫，這也成為了他終生的嗜好，死後留下了許多繪畫作品。同時他多次地造訪了高加索地區拜訪親戚，當地的宏偉山峰與美麗景緻在年幼的萊蒙托夫心中留下了深刻的印象，也成為他後來寫作的重要題材，尤其在本書中就有相當詳細的描繪。

一八二七年時萊蒙托夫隨其外祖母搬到莫斯科。在莫斯科他開始寫詩，初期經常模仿普希金的風格。在這段時期，萊蒙托夫廣泛的閱讀，受到席勒和拜倫的深刻影響。一八三〇年的時候，他進入莫斯科大學學習道德學、政治與文學，就讀兩年即因與學校的考試委員會發生衝突而離開前往聖彼得堡。他在聖彼得堡的一所軍校，於一八三四年取得學位，成為一名騎兵軍官。

一八三七年俄國偉大詩人普希金（Alexander Pushkin）死於一場決鬥，萊蒙托夫隨即發表了一篇「詩人之死」（Death of the Poet）的詩紀念普希金，這首詩以手抄本的形式在聖彼得堡的上流社會中廣為流傳，讓萊蒙托夫在一夜之間聲名大噪。萊蒙托夫卻因為在詩中的最後十六行對當局批評而被逮捕並被流放到高加索，隔年一八三八年才再度回到聖彼得堡。

回到聖彼得堡後，萊蒙托夫積極參與上流社會的交際，並且積極的與出版商合作，開始固定在期刊中發表他的詩作。此時他開始《當代英雄》的寫作，並於一八四〇年發表。一八四一年萊蒙托夫因為輕蔑和驕傲的態度，惹惱了他的舊時朋友馬爾丁諾夫，萊蒙托夫死於他們的決鬥，他當時僅二十七歲，《當代英雄》也成為他唯一完成的一部小說。

譯者

宋雲森

一九五六年生，台北人，國立政治大學東語系俄文組畢，美國堪薩斯大學斯拉夫語文系碩士（專攻俄國文學），俄國莫斯科大學語文系博士（專攻俄語語言學）。曾任中央通訊社記者，現任國立政治大學斯拉夫語文系教授。譯有《當代英雄》、《普希金小說集》以及《愚人學校》。

目次

推薦序：噪動的心，何處安頓

歐茵西

萊蒙托夫與普希金並列十九世紀俄文浪漫詩最佳代表，《當代英雄》則被許多評論家視為俄國非韻文小說的濫觴，重要性更勝普希金的《別爾金小說》（Povesti Belkina, 1830）。與普希金相較，萊蒙托夫詩和小說的風格都顯著不同。普希金寫詩擅長使用民風曲調和庶民語言，質樸真誠，洋溢明朗愉悅的音樂性，流露兼具古典細緻的寧靜與安詳。萊蒙托夫也多才多藝，但感懷主觀，夢想朦朧，其詩滄桑悽楚，沉鬱悲涼，十五歲便〈哀歌〉曰：

冷漠自負，善感的心憤世嫉俗；追尋愛情，卻無力給予所愛的女子真實的愛；對熱誠相與的朋友冷淡，為小事挑釁決鬥……，像個遊戲人間的自私自利者。實則他思路清晰，因此內心的創傷格外嚴重，不僅是俄國小說的新典型，也有重要啟發性。萊蒙托夫三歲喪母，父親被迫離去，孤獨、敏感，早熟，外祖母寵愛下，驕矜任性，兩度流放高加索，二十七歲死於決鬥。《當代英雄》中，年輕軍官畢巧林首度出場時約二十五歲，身份、年齡、個性均與萊蒙托夫相似，故讀者多認為畢巧林等同作者化身。萊蒙托夫則在自序中澄清：「這真是老掉牙又可悲的笑話！……各位看官，『當代英雄』確實是個肖像，卻不是某一個人的肖像，而是結合我們整整一世代人病態弱點於一身的典型。」如果萊蒙托夫之意不在描寫自己，書中處處有關畢巧林的心理分析便是作者對其同時代人種種「弱點」的直接暴露，所謂「英雄」是對這類人物的尖銳嘲諷。因此，萊蒙托夫的心理描寫與思考開啟俄文文學從詩歌走向小說的新頁，並非誇張之說。

《當代英雄》場景在高加索。對北方的俄羅斯人而言，高加索山脈原野蒼茫，民風粗獷，一向別具魅力，萊蒙托夫熟悉那地方那民情，並且似乎格外情有獨鍾，讓畢巧林浪跡黑海岸、喬治亞、北高加索山區……。書中每一篇，甚至每一頁，俯拾皆是山光水色的描寫，觸動書中人和讀者的心：「我最後一次回頭俯視，只見濃密的霧氣海浪般從峽谷中滾滾而出，籠罩整片山谷。」「左邊是黑漆漆的深谷，前方暗藍的峰巒有如皺紋，重重疊疊，起起伏伏，覆蓋著層層積雪，勾勒在最後一抹落日殘暉的蒼茫天際。」「天地間萬籟俱寂，像晨禱者的心境。只偶而從東方飄來涼風，微微掀動結滿霜花的馬鬃，我們啟程了。」「我們登上古德山，停馬歇息，舉目四望。山巔懸掛著一大片灰雲，寒氣逼人，顯示風暴將臨。東方卻萬里晴空，一片金黃，我們竟也把那灰雲忘得一乾二淨。」

這部作品的結構則又複雜又簡單，複雜的是素材的外在安排，情節則相對單純。此書共五篇故事，內容相關，但各自獨立，並分由三名不同身份者以第一人稱「我」的口吻敘述。這三人分別是主角畢巧林、曾與他共處一年的老上尉馬克西姆，及第一篇〈貝菈〉的敘述者年輕的無名軍官。軍官從馬克西姆口中得知討人喜歡，卻有點古怪的小伙子畢巧林，及畢巧林與韃靼土司之女貝菈的悲劇。畢巧林向馬克西姆承認：「我是別人不幸的原因，自己卻並不因此幸福。……我迷戀美女，也為她們所愛，這愛只能滿足我的想像和虛榮，我的心空虛。……我的想像騷動不安，內心永不知足。」這名軍官取得畢巧林的日記，數年後，獲悉畢巧林已在波斯返俄途中去逝，便決定發表，因為「反覆閱讀這些札記，我深信此人的真誠。他不留情地揭露自己的缺點，寫作過程中並不奢望博得同情，不故作驚人之語。……出於有益社會的意願，我出版這部日記的片段。」

日記中畢巧林記述在黑海北岸小城塔曼（Taman）與神秘少女的驚險遭遇。與已婚舊情人薇拉重逢，兩人糾纏不清的過程。追求公爵小姐梅麗，挑釁梅麗另一愛慕者，以至於決鬥，殺死對方，卻又厭倦了梅麗。畢巧林承認：「我常問自己，何以如此執拗地追求我無意挑逗，也永遠不會與她結婚的女子？我像女人一樣賣弄風情，究竟所為何來？……愛情的追求使我飽受折磨，也使我從一個女人轉到另一個女人……佔領一棵含苞待放的心真是無限喜悅，然後丟棄路旁，僥倖的話，會有人把它撿去。……我看待他人的辛酸喜悅，只從自己的立場出發，那是維持我心靈力量的糧食。」這些時時出現的自省與對旁人的觀察不斷錯綜交織，全書視角豐富，事件的時間、空間前後交錯穿梭，當然都是萊蒙托夫刻意的嘗試和獨特手法的表現。讀者需要細心留意事件先後次序及主要人物之間的關係，避免落入撲朔迷離，理不清頭緒的困惑。

《當代英雄》早已公認是俄文文學經典之作，譯成多種文字。國內俄書中譯有的年代久遠，有的轉譯自其他語言，常見誤譯等缺失，影響讀者的閱讀興趣。近年本地俄文學者和傑出譯家，包括本書譯者，以對俄羅斯語言、歷史、文化的深入認知為基礎，投注心力，從俄文文本直接翻譯，譯筆流暢，註釋週到，他們的成果與貢獻令人欣喜。

譯者序

宋雲森

國內不乏俄國文學的愛好者，他們對於屠格涅夫、托爾斯泰、杜斯妥耶夫斯基、契訶夫、帕斯特納克等俄國作家，如數家珍，侃侃而談，但大多數人對萊蒙托夫卻從未聽聞。殊不知，萊蒙托夫與俄國文學之父——普希金並列為十九世紀俄國兩位最偉大的詩人。普希金號稱「俄國詩歌的太陽」，萊蒙托夫則被譽為「俄國詩歌的月亮」。

萊蒙托夫短短二十七年的人生，來匆匆，去也匆匆。尤其，他於一八三七年，以〈詩人之死〉這首詩悼念普希金之死，並控訴俄國當局，像平地一聲雷震驚俄國知識界，崛起成為俄國文壇巨星；卻於短短四年之後的一八四一年，在一場決鬥中身亡，一顆萬眾矚目的巨星戲劇性地殞落。萊蒙托夫精力充沛，天才洋溢，下筆神速，雖在流放邊疆、效命沙場的軍旅生活中，卻也完成不少驚世巨作。他短短的一生留下四百多篇抒情詩、二十七篇長詩、五部劇作、小說若干篇（但真正完成的長篇小說，只有『當代英雄』一篇）。其中，有不少是俄國人不論男女老幼，都能朗朗上口的詩篇，或是後世學者作家稱頌不已的傳世之作。萊蒙托夫短暫的生命，卻在俄國文學史上留下永恆的光亮。

萊蒙托夫的重要的小說——《當代英雄》，受到不少傑出文學家的大力推崇。例如，托爾斯泰認為《當代英雄》是一部「非凡巨著」，更將其中的〈塔曼〉譽為「俄羅斯散文體小說中最完美的一篇」；契訶夫則表示，他把《當代英雄》當作學校課本，讀之再讀，從中學習寫作技巧。

本人有幸接受啟明出版公司委託翻譯這部小說，一則以喜，一則以憂。喜的是，本人一直很喜歡《當代英雄》這部作品，也曾針對它寫過論文，因此很樂意透過自己的翻譯，讓國人分享這部作品的力與美；憂的是，唯恐自己才學不足、文筆不佳，有負啟明出版公司之美意，無法將《當代英雄》之精髓，呈現給國內讀者。

對於《當代英雄》的翻譯，本人在忠於俄語原文的條件下，力求譯文符合漢語使用習慣與通達順暢為原則，俄式的漢語句型是本人所極力避免的。不過，也必須承認，本人在翻譯過程並非處處得心應手。原因不外有二：其一，俄語與漢語在語法結構、修辭方法與使用習慣等方面，存在著不少的差異；其二，顯然本人的語文能力，不論是俄語或漢語，仍有不少努力與加強的空間。

另外，讓譯文讀者達到原文讀者同樣的感受，是翻譯的最高境界，雖然這是很困難、甚至是不可能的任務，但本人也朝這目標在努力。這目標也左右了本人翻譯的若干原則。例如，《當代英雄》的〈貝菈〉這篇小說中，故事衝突的焦點之一——卡茲比奇的駿馬，「卡拉格斯」，這詞來自突厥語，意思是「黑眼睛」，由於絕大多數俄文讀者不了解「卡拉格斯」的原意，因此，本人決定在譯文中採用音譯，而將這詞的意譯列於註腳中；《當代英雄》的〈梅麗公爵小姐〉這篇小說中，角色間的對話，或者故事的敘述，夾雜不少法文，由於絕大多數俄文讀者並不懂得法文，本人在譯文中也直接將這些法文列出，不予翻譯，也是將漢語翻譯放在註腳中。兩種情況，原則一致，都是希望漢語讀者能獲得俄語讀者同樣的感受，雖然本人知道，這對漢語讀者確實造成不便。

最後，特別表明，本書翻譯所根據的俄文原文版本是：М. Ю. Лермонтов. Герой нашего времени. «М. Ю. Лермонтов. Сочинения.», т. 2. Москва: Издательство «Правда»，1990。

翻譯本來就不是簡單的事，再加上本人才疏學淺，想必譯文中會有讓人不滿意的地方，若蒙讀者或各方專家不吝指正，本人將不勝感激。

宋雲森

台北木柵，2012 年 9 月

當代英雄

序言

不論哪部書中，序言總是寫在最後面，卻擺在最前面。它或者是說明寫作目的，或者是答辯各項批評。然而，對於道德上的目的與刊物上的攻訐，讀者通常無心過問，因此他們對序言也都略過不看。這是很讓人遺憾的事，尤其是在我們國家。我們的讀者還太天真、太單純，如果在寓言結尾看不到幾句說教，他們便茫然不知所指。他們猜不透戲謔，看不懂反諷，他們簡直是教育不足。他們還沒懂得，在正正經經的社會中，在正正經經的書本裡，是沒有公然謾罵的空間，而且現代化的教養已創造出一種更鋒利的武器，這種武器幾乎不露形跡，也因此更能置人於死地，它常常披著恭維諂媚的外衣，卻給人無以招架的準確一擊。我們的讀者就像個鄉巴佬，無意間聽到兩個敵對陣營的外交官談話，就當真以為，他們會成全彼此深厚情誼，而不惜欺瞞本國政府。

不久之前，有些讀者，甚至有些雜誌，很不幸地，竟然對本書字面上的意思信以為真。另外有些人鄭重其事，認為本書竟然把這種品行不端的人標榜為「當代英雄」，而為此忿恨不平；還有些人則含蓄地表示，作者刻畫的正是作者本人的肖像和周遭熟人的肖像……真是老掉牙又可悲的笑話！不過，顯而易見的，這正是俄羅斯的本色，它的一切都日新月異，除了這類荒誕無稽的事情外。在我們這裡，就連最神話的神話也都難逃意圖人身攻擊的指控！

各位看官，「當代英雄」確實是個肖像，但卻不是個人的肖像。這個肖像不折不扣地集合了我們這整整一代人的缺點於一身。你們又會對我說，人不可能這麼壞吧，那我可要問問各位，既然你們相信，所有悲劇和浪漫小說中的壞蛋都可能確有其人，你們何以懷疑畢巧林的真實性？倘若更是駭人與荒誕的虛構都能獲得你們的青睞，為何對這個人物，就算是虛構的，你們就不能給予一絲寬容？莫非是他的真實性超過你們所期望的？……

你們會說，這對世道人心又有何裨益？很抱歉，眾人已被餵飽夠多的甜點，他們的胃口都給吃壞了，現在需要的是苦口良藥，以及逆耳忠言。但是，可別以為，本書作者會那麼狂妄，想要去匡正人類惡習。上帝保佑，千萬別讓他這麼愚昧無知！其實作者只是按照自己的理解，描繪當代人的樣子，並以此為樂罷了，而且，對他、對你們都很不幸的是，這樣的人物實在屢見不鮮。就是這樣子，毛病是給指出來了，至於怎麼治療，就只有上帝知道！

我搭乘驛車離開梯弗里斯❶。馬車上的全部行李只不過一件不太大的皮箱，其中足足有半箱塞滿了關於喬治亞的旅行筆記。後來，這些筆記，算你們走運，大都失散，至於皮箱和裡面的其他物品，算我走運，倒完整無缺。

當我的馬車進入科依沙烏山谷時，太陽已漸漸隱沒到雪山背後。趕車的奧塞梯亞人想在入夜之前登上科依沙烏山，不住地驅趕著馬匹，同時放聲高歌。這山谷真是景色絕佳！四周崇山峻嶺高不可攀，淡紅色的山岩爬滿翠綠的長春藤，頂上覆蓋著一叢叢的法國梧桐，黃黃的峭壁佈滿山澗沖刷成溝的痕跡，還有那兒，高高的地方，積雪流蘇般地閃動著金光，而往下望去，則是阿拉格瓦河，它同一條從霧氣瀰漫的幽暗深谷嘩嘩奔竄而出的無名小溪匯合後，蜿蜒流去像銀線，閃閃發亮像蛇鱗。

來到科依沙烏山麓，我們在一家小酒館外停下。這兒鬧哄哄的聚集了二十來個喬治亞人與山民；附近有一幫駱駝商隊歇了下來，準備過夜。我得添雇幾頭公牛，好把我的馬車拉上這可惡的高山，因為已是入秋時節，路上結有薄冰，而這山路大概還有兩俄里遠❷。

莫可奈何，我就雇用了六頭公牛和幾個奧塞梯亞人。一個奧塞梯亞人把我的皮箱扛在肩上，其他幾個幾乎就靠吆喝催趕著牛拉車。

我馬車的後頭，有四頭牛拉著另一輛車子，輕輕鬆鬆的好像沒事一樣，儘管車上是裝得滿滿的。這情景讓我納悶不已。這輛車後走著車主，嘴里叼著一枝鑲銀的卡巴爾達小煙斗。他身穿軍官制服，沒戴徽章，頭戴著一頂毛茸茸的契爾克斯皮帽。他看樣子約莫五十歲的年紀；一張黝黑的臉在在說明，他和外高加索的太陽相識已久，而過早發白的髭鬚卻跟那穩健的步伐與神采奕奕的外表，顯得不搭調。我走到他跟前，

❶ 梯弗里斯是第比利斯的舊稱，為喬治亞首都。喬治亞（中國大陸習慣譯為「格魯吉亞」）過去一度隸屬舊俄與蘇聯，現已是獨立國家。

❷ 現在俄國已採用公制的長度單位，在過去所採用的俄里等於公制的 1.06 公里。

點頭致意；他默默地點頭回禮，嘴裡吐出一團大煙圈。

「看來咱們是同路吧？」

他又默默地點了點頭。

「您想必是到斯塔弗羅波爾❸去的吧？」

「沒錯……給公家送東西。」

「向您請教，您這輛車沉甸甸的，四頭牛拉起來輕輕鬆鬆，而我的車空空的，卻用了六頭牲口，再加上幾個奧塞梯亞人幫忙，還拖得勉勉強強的，這是怎麼回事？」

他狡黠地微微一笑，意味深長地瞧我一眼。

「您到高加索大概還沒多久吧？」

「快一年了。」我答道。

他又微微一笑。

「怎麼了？」

「是這樣子，這些亞細亞人吶，簡直是大騙子！他們嘴裡吆喝吆喝的，你當他們是在幫忙？鬼曉得他們在吆喝什麼？牛倒是懂得他們的意思。就算您套上二十頭吧，只要他們這麼吆喝，牛就一步也不動了……真是老奸巨猾！！可是你又能拿他們怎麼樣？……他們就愛向過路客敲竹槓……這幫騙子讓人給慣壞了！您等著瞧吧，回頭他們還會向您討酒錢呢。他們這些人，我清楚得很，可唬弄不了我！」

「您在這兒當差不少日子了吧？」

「可不是，打從阿歷克謝・彼得羅維奇❹那時起，我就在這兒服役，」他答道，一副煞有介事的樣子，「他親臨前線❺時，我還是個少尉，」他又加了一句，「在他手下，我因征討山民有功，晉升了兩級呢。」

「那您現在呢？……」

「我現在隸屬邊防軍第三營。那您呢，可否請教？……」

我把我的身份告訴了他。

談話就此打住，我們默默地並肩而行，繼續趕路。到了山頂，我們見到積雪。夕

❸ 斯塔弗羅波爾是當時北高加索重要城市，也是俄國高加索邊防軍司令部所在地。

❹ 阿歷克謝・彼得羅維奇・葉爾莫洛夫（1772-1861），俄國步兵上將，於1816至1827年間任喬治亞總督和高加索駐軍司令。

❺ 指沙皇時期俄國在高加索的邊防前線，也就是從庫班河對岸延伸到黑海岸邊。

陽西沉，黑夜緊接著白天降臨，沒有一絲間隙，在南方一向如此。不過多虧白雪的反光，我們很容易看清道路，這路還是沒完沒了地往山裡延伸，雖然已不像先前那麼陡峭了。我吩咐把我的皮箱搬上馬車，把公牛換下，套上馬匹，於是，我最後一次回頭俯視山谷，只見濃密的霧氣從峽谷中海浪般滾滾而出，完全籠罩整片山谷，而且沒有一絲聲音從那兒傳到我們耳朵。那幾個奧塞梯亞人果然鬧哄哄地圍著我要酒錢，但是上尉聲色俱厲地大吼一聲，他們隨即四下奔散而去。

「哼，這般傢伙！」他說，「他們連俄國話『麵包』都不會講，卻學會：『軍老爺，賞點酒錢吧！』我看，就連韃靼人都比他們強，至少韃靼人不是酒鬼……」

離驛站大約還有一俄里路。四下一片寂靜，靜得光憑嗡嗡聲就可以追蹤到蚊子在哪裡飛。左邊是黑漆漆的深谷，在深谷之外，我們的前方，暗藍的峰巒有如皺紋，重重疊疊，起起伏伏，並覆蓋著層層積雪，它就勾勒在最後一抹落日殘暉中的蒼茫天際。黑暗的蒼穹中開始閃爍著顆顆的星辰，說來奇怪，我覺得它們竟然比我們北方的星星還高得多。沿路兩旁矗立著塊塊光禿禿的黑色岩石；積雪之下偶而探出幾叢灌木，不過乾枯的樹葉卻是紋絲不動。在這大自然沉沉的酣睡中，若能聽到那三匹疲累的驛馬❻的嘶聲，以及俄羅斯鈴鐺忽高忽低的叮噹聲，那可是一大樂事。

「明天會是個大晴天！」我說道。上尉一語不發，卻指給我看迎面聳立的高山。

「這是什麼山？」我問。

「古德山。」

「喔，那又怎樣？」

「瞧瞧，那邊霧氣很重。」

的確，古德山霧氣瀰漫。山的兩側漂浮著縷縷清淡的雲霧，山頂上卻籠罩著一片烏雲，它烏黑得居然在昏暗的天幕中，看起來像是一點墨跡。

我們已經可以看到驛站與它周圍民房的屋頂，點點親切的燈火在我們眼前閃動。忽然吹起一陣溼溼冷風，峽谷頓時隆隆作響，飄起細細雨絲。我才剛披上氈斗篷，片片雪花紛紛落下。我望了上尉一眼，對他不得由衷佩服……

「我們怕是要在這裡過夜了，」他懊惱地說著，「這樣的大風雪可不能翻山越嶺。怎麼樣，十字架山那裡有過雪崩嗎？」他問車夫。

「沒有，老爺，」趕車的奧塞梯亞人答道，「不過山上的雪可多得很呢。」

❻ 舊俄時期驛車常由三匹馬拖拉，所以又稱「三頭馬車」。

驛站裡沒有供行旅歇腳的房間，我們被帶到一間煙氣瀰漫的民房借宿。我請我的旅伴一塊兒喝茶，我隨身帶有一把鐵茶壺——這是我在高加索長途跋涉中唯一的消遣。

這座民房一邊緊挨著山崖，門口有三級溼滑的台階。我摸黑走進屋裡，竟撞在一頭母牛身上（這兒的人家把畜欄做下房用）。我真不曉得該往哪兒去才好：這邊有幾隻綿羊咩咩地叫，那邊又有一條狗汪汪地吠。幸好旁邊透出一線微光，這才讓我找到狀似門口的窟窿。眼前出現一幅有趣的畫面：寬闊的屋子，靠著兩根燻黑的柱子支撐著屋頂，裡面擠滿了人。屋子當中，就地生起的火堆劈啪作響，風從屋頂的窟窿把煙倒灌回來，四下瀰漫，形成厚厚的煙幕，讓我久久看不清四周景象。火堆旁邊坐著兩個老太婆、好幾個小孩，以及一個削瘦的喬治亞男子，全都衣衫襤褸。沒什麼辦法，我們也只有挨近火堆湊合著坐下，抽起煙斗，不大會工夫，茶壺就殷勤地嗞嗞作響。

「可憐的人哪！」我對上尉說道，指著外表髒兮兮的房東一家人。他們一聲不響地瞧著我們，神色木然。

「這些人蠢得緊呢！」他答道。「說來您或許不信，他們做什麼也不會，學什麼也不成！就拿我們那兒的卡巴爾達人或車臣人來說吧，他們就算是強盜、窮鬼，至少也都天不怕、地不怕，可這些傢伙，就連武器啊，他們也毫無興趣。誰身上都看不到一把像樣的短劍。真是道道地地的奧塞梯亞人！」

「您在車臣待過不少日子吧？」

「不錯，我帶一連弟兄在那邊要塞駐紮了十來年，就靠近石灘那兒——這地方您知道嗎？」

「聽說過。」

「唉，老弟，我們真叫那些亡命之徒搞得煩透了。如今哪，謝天謝地，總算安分多了。可早些時候啊，你只要出了要塞圍牆百步遠，就會有披頭散髮的惡鬼坐在什麼地方等候著你。稍不留神，瞧著吧，要不就一條繩索套住你脖子，要不就一顆子彈打中你後腦。呵，這幫傢伙可厲害呢！……」

「嘿，想必您遭遇過不少新鮮事吧？」在好奇心的驅使下，我問道。

「怎會沒有！多的是……」

此刻，他開始捻著左邊的小鬍子，低頭沉思。我很想從他身上挖出什麼故事的——凡是出外旅行、記錄東記錄西的人都會有這種願望。這當兒，茶煮好了，我從皮箱裡拿出兩只旅行用的小杯子，斟滿了茶，把一杯放到他面前。他啜了一口茶，似乎自言自語地說道：「不錯，多的是！」這一聲嘆息給了我很大的希望。我知道，在高加索待久的人都愛說話，愛說故事。他們難得有聊天的機會，有的隨部隊在窮鄉僻壤一待便四、五個年頭，而這整整五年當中，連跟他說聲「您好」的人都沒有（因為司務長說的是「祝您健康」）。偏偏可閒聊的材料又很多，因為周圍的人既野蠻、又有趣，天天都會遇到危險，以及各種稀奇古怪的事情。談到這兒，你不禁會遺憾，我們對這些記載得太少了。

「加點甜酒如何？」我對我的同伴說，「我有梯弗里斯的白甜酒，這會兒天氣可真冷呢。」

「不，謝謝您，我不喝酒。」

「這是為什麼？」

「是這麼回事，我對自個兒發過誓。那時我還是少尉，不瞞您說，有一回啊，我和同僚喝了點酒，偏巧夜裡就傳出警報，我們就這樣醉醺醺的走到隊伍前面。算我們倒楣，這事竟被阿歷克謝．彼得羅維奇知道了。呵，老天爺，他真是火大了！差點沒把我們送軍法處。事情就這麼巧，換個時候你住這兒，一年到頭一個人影都看不到，可才沾點伏特加，人就要墮落了！」

聽到這裡，我幾乎失望了。

「就拿契爾克斯人來說吧，」他接著說，「每逢婚禮或喪事，只要喝多了布扎酒❼，就要動刀動槍。有一次我是好不容易才拔腿溜走，還是在歸順的土司❽家裡作客呢。」

「這是怎麼一回事？」

「嗯，」他裝填了煙斗，深深地吸了一口，又說了起來，「嗯，您知道，那時我帶了一連弟兄駐紮在捷列克河對岸的一座要塞──眼看快五年啦。那年秋天，有一回啊，來了一支運糧草的車隊，隨隊有一位年輕軍官，約莫二十五歲。他穿著全副軍裝向我報到，說是奉命派駐我的要塞。他身材瘦瘦的，長得白白淨淨，身上軍裝又是全新，我一眼就看出，他到我們高加索這兒還不久。『您準是從俄羅斯調來的吧？』我問他。『正是，上尉先生，』他答道。我拉著他的手說：『非常歡迎，非常歡迎，您在這兒會

❼ 布扎酒是高加索、克里米亞等地的一種酒類，味道酸甜，用黍、蕎麥、大麥等釀製而成。

❽ 土司是中國邊疆的官職，元朝始置，用於封授給西北、西南地區的少數民族部族頭目。由於高加索也屬俄國偏遠之邊疆地區，因此譯者也借用「土司」一詞，用以翻譯高加索地區當地土著的頭目。

有點無聊……可我們相處會像朋友一樣。對了，您乾脆管我叫馬克西姆．馬克西梅奇得了。還有，幹麼要這麼全副軍裝的？不論什麼時候到我這兒來，只要戴個軍帽就行了。』給他派了宿舍，他就在要塞裡住了下來。」

「他叫什麼名字？」我問馬克西姆．馬克西梅奇。

「他的名字嘛……格里戈里．亞歷山大維奇．畢巧林。我敢說，他是個很討人喜歡的小伙子，就是有點古怪。比如說，下雨天也罷，大冷天也罷，他卻整日在外面打獵，大伙兒都凍僵了，累壞了，他倒一副沒事的樣子。可是換個時候，他待在自己屋裡，只要刮個風，便說著涼；窗板砰然一響，他就渾身哆嗦，臉色發白。可是我又當場看見他一對一打野豬；常常他連著幾個小時一句話也不吭，但有時只要他一開口，準讓你笑破肚皮……嘿，真是古怪得很，而且想必是有錢人，他身邊各色各樣值錢的小玩意兒可多著呢！……」

「他跟您在一起待很久嗎？」我又問。

「一年光景吧。可是這一年真叫我難忘啊！他給我帶來不少麻煩，這且不提它！說真的，就是有這種人，天生註定要遭遇各類稀奇古怪的事！」

「稀奇古怪？」我滿懷好奇地嚷道，一邊給他添茶。

「我這就說給您聽吧。離要塞約六俄里地，住著一位跟我們和睦相處的土司。他有個兒子，年紀十五歲左右，挺喜歡騎馬到我們這裡走動，幾乎每天啊，常常不是為這，就是為那。我跟畢巧林實在是把他慣壞了。這小子真是膽大包天，幹什麼都手腳俐落，不管是快馬奔馳中撿起地上的帽子，或是開槍射擊彈無虛發。他就有一樣不好，就是愛錢如命。有一次，畢巧林跟他開玩笑，答應給他一枚金幣，條件是他從他父親羊群裡偷出那隻最好的山羊。結果怎麼來著，您想？第二天夜裡，他就抓著犄角把那頭羊拉來了。我們常常只存心逗他玩玩，他就雙眼充血，伸手便拔短劍。『嘿，阿扎瑪特，你的腦袋瓜可不要給搬走了，』我對他說，『你遲早要吃大虧的！』

「有回，老土司親自來邀請我們吃喜酒，說是要嫁出大女兒。我們跟他是老朋友了，因此，您知道，也不便推辭，雖然他是韃靼人。我們就動身了。山村裡有一大群狗，迎著我們高聲吠叫。女人一瞧見我們，便紛紛走避。至於可以讓我們仔細端詳的那幾個婦女啊，根本談不上什麼漂亮。『我原來對契爾克斯的女生還心存奢望呢！』畢巧林對我說道。『您等著瞧吧！』我笑笑地答道，心中自有定見。

「土司的家裡已聚集了好多人。您知道，亞細亞人有個習慣，管他是什麼人，只要遇上，都會把他邀請來參加婚禮。我們受到非常殷勤的接待，並領進客廳。不過，我還記得留神，他們把我們的馬拴到什麼地方，您知道，總得以防萬一。」

「那他們是如何慶祝婚禮的？」我問上尉。

「就按一般的規矩。開頭，由毛拉❾給他們頌讀一段可蘭經，接著大家贈送禮物給新郎、新娘，以及他們的家人。大家就吃啊，喝布扎酒啊，隨後開始表演馬術，期間總是穿插一位衣著破爛、滿身油膩的傢伙，騎著一匹不起眼的瘸腿馬兒，搖首擺尾，一要寶逗趣，博得賓客發笑。然後，天快黑時，客廳裡便開始了像我們所說的舞會。一個窮老頭兒叮叮咚咚地彈起一種三弦琴……記不得他們的話管這怎麼稱呼……嗯，有點像我們的巴拉萊卡琴❿。姑娘們與小伙子們面對面地分立兩行，一邊拍手，一邊唱歌。這當兒，一個姑娘和一個男子走到中央，開始對唱些即興的詩歌，其他人也跟著合唱幫腔。我和畢巧林坐在貴賓席，忽然主人的小女兒，一個十六歲上下的姑娘，走到畢巧林跟前，朝他唱些什麼……怎麼說呢？……不外是恭維之類的話吧。」

「她到底唱些什麼，您不記得啦？」

「嗯，大概是這樣：『我們的年輕騎士，個個長得挺拔，身上長袍鑲著白銀花邊，可是這位俄羅斯軍官比他們更是英挺，他穿的衣服是金黃色飾邊。他像一株白楊挺立在他們之間，只不過他沒能在我們的花園裡生長與開花。』畢巧林站了起來，舉起手掌按在額頭與胸口，向她鞠躬致意，並請我代他回答。我熟知他們的語言，就把畢巧林的答話翻譯了一遍。

「等她走開了，我就低聲問畢巧林：『嘿，這女孩如何？』

「『美極了！』他答道，『她叫什麼名字？』我說，『她叫貝菈。』

「她確實長得美，身材高挑、苗條，一雙烏溜溜的眼睛活像山上的羚羊，能一眼看到你的心坎裡。畢巧林瞧得出神，眼睛一直沒能從她身上移開，她也不時偷偷地朝他望望。不過，欣賞土司漂亮女兒的，不止畢巧林一人，當時從屋裡角落，有另一雙眼睛，目不轉睛地、熾熱如火地，緊盯著貝菈。我仔細一看，便認出是我的老相識——卡茲比奇他這個人啊，您知道，說不上是友好，也說不上是對頭。雖然他總是行跡可疑，但也不曾讓人逮到什麼把柄。他常常趕著羊群到我們要塞販售，要價是很便宜，不過啊，他從不讓人討價還價，他要多少，就得給多少，就是殺了他，一文錢也不能少。有人說，他喜歡跟山賊到庫班河那裡鬼混，老實說，他那副長相還真像個土匪：

❾ 毛拉（mullah）是伊斯蘭國家民眾對伊斯蘭神學家的敬稱。

❿ 巴拉萊卡琴是俄羅斯民間的傳統弦樂器，也是三條弦，琴腹呈三角形。

個兒小小、瘦瘦乾乾的，肩膀倒是寬寬的……可是這個人機靈哪，機靈得簡直像個魔鬼！身穿的棉襖破破爛爛，打滿了補釘，可是隨身的武器卻鑲著銀飾。他那匹馬在整個卡巴爾達更是頂頂有名，說真的，比這更好的馬你想都想不出。也難怪每個騎士對他都眼紅，不只一次有人想要偷盜這匹馬，不過都沒得手。我現在彷彿還看到這匹馬的樣子：毛色烏黑油亮，四條腿直挺的像琴弦，那雙眼睛啊，足可跟貝菈媲美了；至於它那股勁兒，一口氣能飛奔五十俄里；而且還訓練有素呢，像條狗似的跟在主人後面，就連主人的聲音都認得出來！常常它是拴都不用拴了。真是一匹道地的強盜坐騎啊！……

「那天晚上，卡茲比奇顯得不同於往常的陰沉，而我也發現，他棉襖裡還穿著鎖子甲。『他平白無故不會穿著鎖子甲，』我心裡想著，『準是在打什麼主意。』

「屋裡變得悶熱，我就到外面透透氣。夜色已經籠罩著山嶺，霧氣開始徘徊在峽谷。

「我忽然心念一動，想順便到拴著我們馬匹的屋棚，看看有沒有草料，再說，小心點總沒錯。我那匹馬可真駿，已經不只一個卡巴爾達人羨慕地拿牠瞧了又瞧，還一邊說道：『好馬，真是匹好馬！』

「我悄悄地沿著籬笆走去，猛然聽到有人在說話。一個人的聲音我立刻便聽出來，那是浪蕩子阿扎瑪特，我們東道主的兒子；另外一個人說得不多，聲音也低些。『他們在這裡閒扯些什麼玩意兒？』我心裡納悶，『不會是在談我的馬吧？』於是我就在籬笆旁蹲了下來，側耳傾聽，努力不放過任何一個字。我好奇難耐，但有時屋裡傳來鬧哄哄的歌唱聲與說話聲，卻掩蓋了他們的對話。

「『你的馬真棒！』阿扎瑪特說道，『如果我能當家作主，手裡又擁有三百匹馬，我情願拿出一半交換你那匹駿馬，卡茲比奇！』

「『啊哈，原來是卡茲比奇！』我琢磨著，並想起那鎖子甲。

「『沒錯，』卡茲比奇沉默了半晌回答，『你就是找遍了整個卡巴爾達也找不到這樣的馬。有一回，那還是在捷列克河對岸，我騎著牠和山民去搶奪俄羅斯人的馬群，我們運氣不好，沒能得手，只能四下逃散。有四個哥薩克人在追趕我，我聽到背後那幾個異教徒的叫囂，前面則是一片濃密的樹林。我伏在馬鞍上，把自己的老命交給了阿拉真主，也生平第一次用鞭子凌辱馬兒。牠像鳥兒似的鑽進樹枒之間，尖銳的荊棘撕裂我的衣衫，榆樹的枯枝抽打我的臉頰。我的馬兒飛越過樹墩，用胸口撞開一叢叢灌木。當時我本該在樹林邊上扔下馬兒，自己徒步躲到樹林裡去，但是我捨不得和馬兒分開，──於是先知就獎賞了我。幾顆子彈咻咻地從我頭上飛過，我聽到那幾個哥薩克人下了馬，追蹤而來……忽然我面前出現了一道深溝，我的寶馬遲疑了一下──就嗖的一聲跳了過去。牠的後蹄從對岸滑落而下，全身懸空掛著，只靠兩條前腿支撐。我扔下韁繩，跳進山溝，這才救了我的馬兒，牠於是一躍而出。這一切哥薩克人都看在眼裡，卻沒有一人下溝來找我。他們準當我摔死啦。我只聽見他們飛奔過去捉我的馬。我的心是淌著血。我順著山溝爬過茂密的草叢，──一瞧，樹林子已到盡頭，幾個哥薩克人策馬出林，來到一片曠地，這當兒我的「卡拉格斯」⓫朝著他們直衝而來，大家吶喊著，撲過去捉牠。他們追逐著牠好一陣子，特別是一個哥薩克人，有一、兩次險些用套索套住牠的脖子。我渾身發抖，垂下眼睛，開始禱告。過了不大一會兒，我抬起眼睛一瞧，祇見我的「卡拉格斯」飛揚著尾巴奔馳，來去自如地像一陣風，而那些異教徒騎著疲憊不堪的馬匹，在草原上一個接著一個拖在後面，落得遠遠的。阿拉啊！這是實話，千真萬確的實話！我在山溝裡一直待到深夜。忽然間，阿扎瑪特，你猜怎麼著？黑暗中我聽到一匹馬在山溝岸邊奔跑，發出沉重鼻息，嘶鳴著，噠噠地馬蹄扣擊在地面。我聽出是我的「卡拉格斯」的聲音，就是牠，我的好夥伴！……打那以後，我們就再沒有分開過。』

「接著，聽見他拍了拍他那駿馬的光滑脖子，用種種親熱的名字呼喚牠。

「『我要是有一千匹馬，』阿扎瑪特說，『情願全部給你，交換你的「卡拉格斯」。』

「『不，我可不願意，』卡茲比奇冷冷地回答。

「『聽我說，卡茲比奇，』阿扎瑪特討好地說著，『你是個好人，你是個勇敢的騎士，可是我爹害怕俄羅斯人，不讓我到山裡去。把你的馬給我吧，你要我幹啥都可以，我可以去把我爹最好的步槍或軍刀偷給你，只要你想要。他的軍刀可是真正的古爾特貨⓬，那刀刃只要一挨近手，就會自動切進肉裡去，像你身上這件鎖子甲是不管用的。』

「卡茲比奇默不作聲。

⓫ 卡茲比奇的馬叫「卡拉格斯」，這個名字在突厥語中意思是「黑眼睛」。這匹馬的名字有一字根「卡拉」，意思是「黑色」，而本篇故事女主角貝菈，名字字根有「貝」（bel），近似俄語的「白色」（byel）之字根。本篇故事的衝突主要環繞於叫「卡拉格斯」（黑色）的這匹馬與女主角貝菈（白色）二者，想必作者在此有其深意。

⓬ 古爾特名匠製造的刀在高加索非常名貴。

「『當我頭一次看到你的馬兒，』阿扎瑪特繼續說道，『那時牠在你的胯下鼓著鼻孔，打轉、蹦跳，片片碎石火星般從牠蹄下滿天飛揚，我的心裡就有一種莫名的滋味。打從那時起，我對啥都不感興趣了，爹那些最好駿馬我都不屑一顧，騎著牠們出去，我會羞愧難受，我覺得很苦惱。我心裡發愁，坐在懸崖上便是一連好幾天，腦子裡時時刻刻出現的都是你那匹烏黑的寶馬，牠那均勻的步伐，牠那光滑、像箭一樣筆直的脊樑，還有牠那靈活的眼睛凝視著我，好像有什麼話要說。要是你不把牠賣給我，卡茲比奇，我就活不成啦！』阿扎瑪特聲音哆嗦地說著。

「我聽到，他嗚嗚地哭了起來。還得跟您交代一下，阿扎瑪特這小子脾氣很強，就是他年紀再小的時候，你也別想讓他掉一滴眼淚。

「但回答他眼淚的，是一陣類似嘲笑的聲音。

「『聽著！』阿扎瑪特聲音堅定地說道，『你要曉得，我啥都豁出去了。要不，我把我姊姊偷來給你？她跳舞跳得多美！唱歌唱得多妙！用金線刺繡啊，那可是絕活吶！就連土耳其皇帝也不會有這樣的老婆……你要不要？明兒個夜裡，你就在峽谷那兒，在有溪水流過的地方等我，我會帶著她經過那兒上鄰村去——那她就是你的人了。難道貝菈還抵不過你的一匹好馬？』

「卡茲比奇好久好久地不作一聲。最後，他低聲唱起一首古老歌曲代替回答⓭：

咱們村莊多佳人，
漆黑眼眸星光閃，
甜蜜愛情讓人羨，
壯士豪情更歡欣。

黃金可買四嬌妻，
良駒無價勝金銀，
草原狂飆似旋風，
永不變心把人欺。

⓭ 請求讀者見諒，我當時聽到的當然是散文，不過我已習慣成自然，把卡茲比奇的歌寫成詩句。（作者萊蒙托夫註）

「阿扎瑪特苦苦哀求，又是啼哭，又是奉承，又是發誓，一切都是枉然。卡茲比奇終於不耐煩地打斷他的話：

「『走開，你這瘋瘋癲癲的小子！我的馬哪是你騎的？跑不了三步，就把你摔下馬，準叫你腦袋瓜子在石頭上砸個稀巴爛。』

「『把我摔下！』阿扎瑪特狂怒的大喊一聲，接著孩子的短劍砍在對方鎖子甲上鏗鏘作響。一隻強而有力的手把他推開，他猛然撞在籬笆上，把籬笆撞得搖搖晃晃的。『這下有好戲可看了！』我心裡想著，趕忙奔到馬棚，給自己的幾匹馬戴上嚼子，牽到後院去。兩分鐘之後，屋子裡已經天翻地覆。原來是阿扎瑪特衝進屋裡，棉襖都被扯爛，說是卡茲比奇要殺他。大夥兒都衝了出去，抓起槍，就這樣好戲登場！又是吶喊，又是喧囂，又是槍聲，卡茲比奇卻已經騎上馬背，在街上人堆裡竄來竄去，手中揮舞著軍刀，活像個惡鬼。『不是好事，犯不著蹚這種混水，』我拉起畢巧林的手說道，『我們不如趁早走吧？』

「『等等，看看怎麼收場。』

「『準沒什麼好收場的。這些亞細亞人哪回不這樣，灌足了布札酒，就打打殺殺的！』我們就騎上馬，急馳而去。」

「那卡茲比奇怎麼了？」我忍不住問上尉。

「像他那種人會怎麼樣！」他答道，同時把茶喝乾，「還不是溜了。」

「受傷沒？」我問。

「那只有老天知道！命可大著呢，這幫強盜！我就親眼看過一些傢伙，比方說吧，渾身上下已被刺刀捅的都是窟窿，簡直像篩子一樣，卻還在揮舞著軍刀。」

上尉沉默半晌，跺了跺腳，繼續說道：

「有一件事我永遠不能寬恕自己。真是鬼迷了心竅啊！一回到要塞後，我竟把在籬笆後面所聽到的話，一五一十都告訴了畢巧林。他笑了笑——多狡滑的傢伙！——可心裡卻在打著什麼主意。」

「那是怎麼一回事？您倒說來聽聽。」

「好吧，既然起了頭，沒法子，只得說下去。

「過了三、四天，阿扎瑪特來到要塞。照慣例，他會到畢巧林那兒走走，畢巧林總會請他吃些甜點。我當時也在座。話題扯到了馬，畢巧林於是大大地誇起卡茲比奇的馬兒，說牠跑得有多快，樣子又多漂亮，就像羚羊一樣——按照他的話，這匹馬簡直是舉世無雙了。

「這韃靼小子眼珠子開始發亮，畢巧林卻裝作沒瞧見。我把話一拉到別的，可他啊，嘿，又馬上把話題扯回卡茲比奇的馬兒。阿扎瑪特每次來都是這樣。大概過了三個禮拜，我發現，阿扎瑪特臉色蒼白，人也憔悴，就像小說裡鬧戀愛的人一樣。這怪不怪？……

「您瞧，我是後來才曉得是怎麼一回事。原來是畢巧林把他逗弄得簡直要投水尋死。有回啊，畢巧林對他說：『我看得出，阿扎瑪特，你是非常喜歡這匹馬，可是你卻見不到牠，就像看不到自己的後腦杓一樣！喂，說說看，要是有人把牠送給你，你要拿什麼給人家啊？……』

「『他要什麼都行，』阿扎瑪特回答。

「『既然這樣，我把那匹馬給你弄到手，就是有個條件……你發誓你會履行這項條件……』

「『我發誓……你也要發誓！』

「『好！我發誓給你弄到那匹馬，可是你得把你姊姊貝菈拿來交換，「卡拉格斯」就算是娶她的聘禮。我希望，這筆買賣對你很划算。』

「阿扎瑪特默然不語。

「『你不樂意嗎？那就隨你便吧！我當你是男子漢，哪知道你還是個毛孩子，你騎馬還嫌早呢……』

「阿扎瑪特刷地情緒沸騰起來。他說，『可是我爹呢？』

「『難道他從來不出門？』

「『沒錯……』

「『那你同意了？……』

「『同意。』阿扎瑪特低聲說，臉蒼白的像死人。『什麼時候呢？』

「『就在下次卡茲比奇到這兒來的時候。他答應要趕十頭羊到這兒來。剩下的都是我的事。等著瞧吧，阿扎瑪特！』

「於是他們就這樣搞定這筆交易……說真的，這可是挺不光彩的交易！我後來也跟畢巧林說了，他卻回答我說，一個契爾克斯的野姑娘能有他這樣可愛的丈夫，也是好福氣啦，按照他們的習俗，他總算是她的丈夫，至於卡茲比奇呢，一個強盜，本就該給他點懲罰。您自己評評看，我能拿什麼話來反對他？……不過當時我可一點都不知道他們的陰謀。有一天卡茲比奇果然來了，問人要不要公羊和蜂蜜。我吩咐他第二天帶些來。『阿扎瑪特！』畢巧林就說，『明天「卡拉格斯」就會落到我手裡。今天夜裡貝菈要是不來到這兒，你就休想看到那匹馬……』

「『好！』阿扎瑪特說完，直奔山村去了。

「當天晚上，畢巧林全副武裝，騎馬離開要塞。這事他們怎麼搞定，我不知道。只知道他們兩人到夜裡才回來，哨兵看到，阿扎瑪特的馬鞍上橫躺著一個女人，手腳都捆綁著，頭上罩著面紗。」

「那馬呢？」我問上尉。

「別忙，別忙。第二天一大早，卡茲比奇來了，趕了十頭公羊來販售。他把馬拴在籬笆邊，走進我的屋裡。我請他喝了茶，就算他是強盜，畢竟還是我的朋友。

「我們就天南地北的閒聊起來……忽然，我看到卡茲比奇打了個哆嗦，臉色大變——撲向窗口，那窗口不巧又對著後院。『你怎麼啦？』我問道。

「『我的馬……馬呀！』他說著，渾身都在發抖。

「的確，我聽到噠噠的馬蹄聲，說道：『這準是哪個哥薩克人騎馬來了……』

「『不！俄羅斯壞透了！』他怒吼起來，急急地撲了出去，像隻山裡的雪豹似的。兩下跳躍，他人就已來到院子。在要塞門口，哨兵舉槍擋住他的去路，他一躍從槍枝上跳了過去，沿著大路狂奔……遠處塵土飛揚，那是阿扎瑪特騎著神駿的「卡拉格斯」

疾馳而去。卡茲比奇一邊奔飽，一邊從皮套中抽出槍枝射擊。他一動也不動地站著，直到確定沒有射中。接著，他尖聲叫喊了起來，把槍往石頭上一砸，砸得粉碎，便撲倒在地，放聲大哭，就像孩子一樣……要塞裡出來了許多人，圍在他四周，他卻對誰都不理不睬。大夥兒站了一會兒，議論了一番，又都回去了。我叫人把買羊的錢放在他身旁，他卻碰也不碰，就是臉朝下趴著，像個死人似的。信不信由你，他就這樣躺到深夜，躺個通宵……直到翌日早晨，他才回到要塞，央求人家說出盜馬人的名字。那個看到阿扎瑪特解下馬、騎著牠跑掉的哨兵，認為沒有必要隱瞞。一聽到阿扎瑪特的名字，卡茲比奇兩眼登時發亮，就往阿扎瑪特父親居住的村子直奔而去。」

「他父親該怎麼辦？」

「是啊，問題就在這裡，卡茲比奇沒有找到他。他出門了，過五、六天才會回來，要不阿扎瑪特豈能把他姊姊帶走？

「等父親回來，女兒不見了，兒子也不見了。阿扎瑪特挺機靈的，他明白，要是落到人家手裡，他腦袋就保不住啦。打從那時起，他就音訊全無。他多半加入了哪一夥的山賊，然後在捷列克河或是庫班河對岸，莽莽撞撞地斷送了小命。活該落得如此下場啊！……

「我承認，這件事也給我惹來不少麻煩。我一得知，那契爾克斯姑娘在畢巧林手裡，隨即帶上肩章配好劍，到他那兒。

「他躺在外屋的床上，一隻手枕著後腦杓，另一隻手拿著熄滅的菸斗。通裡屋的門上了鎖，鎖上沒有鑰匙。這一切我馬上就看在眼裡……我咳嗽了幾聲，鞋後跟也在門檻上跺幾下，他卻裝成沒聽見。

「『准尉先生！』我故做嚴厲地說道，『難道您沒瞧見我來了嗎？』

「『嗨，您好啊，馬克西姆‧馬克西梅奇！要不要抽個菸斗？』他回答，連稍微起個身子都沒。

「『抱歉！我不是馬克西姆‧馬克西梅奇，我是上尉。』

「『還不都是一樣。喝茶不？您要知道，我心裡有多煩啊！』

「『我全曉得了。』我答道，走到床鋪跟前。

「『那就更好，我也沒心情提它。』

「『准尉先生，您犯了項錯誤，這事我可能也要負責……』

「『得了吧！有什麼大不了的？我們可早就同甘共苦啦。』

「『開什麼玩笑？交出您的劍來！⓮』

「『米基卡，把他的劍拿來！……』

「米基卡把劍拿了來。我執行了自己職務後，就坐到他的床邊，說道：『聽我說，畢巧林，你該承認，這樣不好。』

「『什麼不好？』

「『就是你帶走貝菈的事……阿扎瑪特真是滑頭！……唉，你就承認吧！』我對他說。

「『那要是我喜歡她呢？』……

「嘿，你叫我怎麼回答他呢？……我給問住了。不過，沉默半晌之後，我告訴他，要是貝菈父親來要人，他還是得把貝菈還人家。

「『根本用不著！』

「『要是他知道貝菈在這裡呢？』

「『他怎麼會知道？』

「我又給問住了。『聽著，馬克西姆・馬克西梅奇！』畢巧林欠起身子說道，『我

⓮ 按帝俄軍隊規定，軍官遭解除配劍，就是被禁閉，不得外出。

知道，您是個好人。如果我們把女孩交給那蠻子，他不把她宰了也會把她賣了。事情既然做了，那就不必存心把它搞砸。把她留在我身邊，那我的劍就留在您那兒吧……』」

「『那您讓我看看她。』我說。

「『她就在這扇門裡。不過，就是我今天想看看她也不成。她坐在屋子角落，蒙著面紗，既不發一言，也不看人一眼，活像一隻受驚嚇的野羚羊。我雇用了酒館的老闆娘，她懂得韃靼語，由她來照料貝菈，也讓貝菈習慣，她是我的人啦，因為除了我以外，她不屬於任何人。』他補充了幾句，拿拳頭敲在桌上。我竟連這都同意了……您說該怎麼辦？就是有一種人，你沒辦法不同意他們的主張的。」

「之後呢？」我問馬克西姆・馬克西梅奇，「畢巧林當真讓她接受了自己，還是她失去自由，想家想得憔悴呢？」

「得了吧，她何必想家呢？從要塞裡看到的，和從村子裡看到的，全不都是那幾座山，除此之外，這些蠻子什麼都不需要了。更何況，畢巧林天天給她送東西。起初幾天，她不發一語，驕傲地推開禮物，結果禮物都落到酒館老闆娘的手裡，也讓老闆娘對貝菈更是花言巧語。唉，禮物啊！女人為了一塊花布什麼事幹不出來！……唉，這且不提……畢巧林在她身上花了好長一段時間的工夫，又學了韃靼語，貝菈也漸漸聽懂我們的話。慢慢地她習慣於看到畢巧林了，起先是眉頭深鎖，斜著眼睛看人，神情哀怨，嘴裡低聲哼著她的歌，有時連我在隔壁屋裡聽了，心裡都是一陣淒然。我永遠不會忘記這一幕：有一回我打那兒經過，往窗裡一瞧，貝菈坐在炕上，頭垂胸前，畢巧林則站立在她面前。『聽我說，我的仙女，』他說著，『妳要知道，妳早晚都是我的人，何苦還要折磨我？莫非妳心裡愛著哪個車臣小伙子？果真如此，我這就讓妳回家。』她的身子微微打了一下哆嗦，幾乎讓人察覺不出，並搖了搖頭。他繼續說道：『或者我讓妳十分痛恨？』她一聲嘆息。『或者是妳的信仰不許妳愛我？』她臉色發白，默不作聲。『相信我，天下各民族的真主阿拉都是同一個，既然祂允許我愛妳，祂又怎會不許妳來愛我呢？』她凝視著畢巧林的臉，似乎讓這新的觀念給震驚了。她眼睛流露出既是懷疑、又希望相信的神情。她那雙眼睛啊！閃閃發亮，就像兩塊黑煤似的。

「『聽我說，親愛的，好心的貝菈！』畢巧林繼續說，『妳看得出，我是多麼愛妳，只要能讓妳快樂，我願意獻出一切。我希望妳幸福，要是妳再這樣愁眉苦臉，那我就不想活了。告訴我，妳會快活起來嗎？』她沉思起來，一雙烏溜溜的眼睛仍然盯著畢巧林，然後嫣然一笑，點頭表示同意。

「畢巧林拉起她的手，並要她親他。貝菈軟弱地抗拒，只是反覆地說：『拜託你啦，拜託，不要這樣，不要。』畢巧林死纏不放，貝菈身子顫抖，哭了起來。她說道，『我是你的俘虜，你的奴隸，自然你可以強人所難，』眼淚又流了下來。

「畢巧林拿拳頭捶了一下腦門，奔到另一間屋裡。我走進屋裡看他。他雙手交叉在胸前，神情抑鬱，來回地踱來踱去。『怎麼啦，老弟？』我對他說。『她是妖精，哪裡是女人！』他回答，『不過我向你保證，她遲早是我的……』我搖了搖頭。『要不要打賭？』他說，『只要一星期！』『一言為定！』我們相互擊掌，便各自離去。

「翌日，他就差專人到基茲略爾採買各類物品。載回大批各式各樣波斯衣料，多得數也數不清。

「『您以為如何，馬克西姆．馬克西梅奇！』他給我看看這些禮物，說道，『那亞細亞美女頂得住這一連串猛攻嗎？』『您不了解契爾克斯女人，』我回答說，『她們可跟喬治亞女人或外高加索女人不一樣，完全不一樣。她們有自己的規矩，她們教養方式不同。』畢巧林微微一笑，用口哨吹起進行曲。

「結果不出所料，這些禮物只發揮一半作用。貝菈變得較溫柔，也少了點戒心——但也就如此而已。於是，畢巧林決定訴諸最後一招。有次早上，他吩咐備馬，一身契爾克斯人打扮，全副武裝，走進貝菈房間。『貝菈！』他說，『妳知道，我是多麼愛妳。我當初決心把妳弄出來，滿以為妳一旦了解我，就會愛上我。我錯了，再會吧！我全部家當都由妳全權處理。妳願意的話，就回到妳父親身邊，——妳自由了。我對不起妳，我該懲罰自己。再會吧，我走了，至於去哪兒？就不得而知！或許不久之後我會奔騰在劍林彈雨之中，到時還望妳能念著我，寬恕我。』畢巧林轉過身子，向她伸手告別。她沒有握畢巧林的手，只是悶不吭聲。我剛巧站在門外，打從門縫可以看到貝菈的臉。我心裡一陣不捨，她那可愛的小臉蛋上是死人般的蒼白！畢巧林沒聽到答覆，朝門口走了幾步，身子顫抖著——還用跟您說嗎？我想，就算是玩笑話，他也是言出必行。就是這樣的人，只有上帝知道他！他才要開門，貝菈就跳了起來，哇的一聲哭著投向他的懷抱。相信嗎？我站在門後，也哭了起來，其實，您知道，也不算哭啦，就是這樣——犯傻啦！……」

上尉陷入沉默。

「是的，我得承認，」他接著說，揪了揪唇髭，「我當時怪難過的，可從來沒有一個女人這樣愛我。」

「他倆的幸福日子長嗎？」我問。

「嗯，貝菈後來向我們表白，打瞧見畢巧林那天起，畢巧林就常常出現在她夢中，又說從來沒有一個男生讓她這樣動心。不錯，他們真是幸福快樂！」

「多麼無趣啊！」我不由自主叫起來。說實在的，我本預計會有個悲劇結局，哪知我的期待一下子落空！……「難道說，」我繼續問道，「她父親就沒猜到，她人就在妳們要塞裡嗎？」

「不錯，似乎，他也起了疑心。不過，沒幾天後，我們就聽說，老頭子被人殺害了。事情是這樣子的……」

我精神又為之一振。

「得跟您交待一下，卡茲比奇似乎以為，阿扎瑪特盜馬是經過父親首肯，至少我是這麼想。於是，有一回卡茲比奇就在離山村約三俄里地，守候在路旁。老頭子正好去找女兒，空手而歸。他的幾個隨從都落在後頭，——這時已是薄暮，——他心事重重，騎著馬緩步而來，忽然間，卡茲比奇像貓似地，由樹叢裡竄出，從老頭子背後縱身上馬，匕首一揮，將他擊落馬下，一把抓起馬韁，揚長而去。當時情形就是這樣子。那幾個隨從從小山崗上看到這情景，奔下追趕，就是沒能趕上。」

「他總算補償了失馬之痛，報了仇啦，」我說道，想引對方發表意見。

「那當然，按他們的習慣，」上尉說，「他做得一點也不為過。」

俄國人即使偶爾生活於什麼民族之間，都能適應他們的風俗習慣，這種能力讓我大為震驚。我不知道，智慧上的這種特質是應受譴責，還是讚美。不過，這至少證明俄國人難以置信的通權達變，不論何時何地，只要看到罪惡無可避免或無法消滅，俄國人就會加以寬恕。

這時茶水喝完了，早已套好的馬匹在雪地上冷得發顫。月色漸漸黯淡在西方的天際，即將掩沒在遠處峰巒上、像破幕碎片的烏雲中。我們走出了石頭屋子。跟我同伴的預言相反，天色開朗了，預示著一個寧靜的早晨。星辰一圈圈排列，形成綺麗圖案，交織在遙遠天際，接著，一個個消逝，這時東方朦朧的曙光擴散在暗紫色的蒼穹，並漸漸輝映在經年積雪的陡峭山坡。左右兩旁是黑漆漆的深谷，陰森而神祕；團團霧氣像蛇似地，蜿蜒繚繞，沿著鄰近山岩的皺褶攀爬而上，彷彿感覺且害怕白天的降臨。

天地間萬籟俱寂，就像晨禱時人們的心境。只偶爾從東方吹來涼風，微微掀動結滿霜花的馬鬃。我們啟程了。五匹瘦弱的劣馬拖著我們的車子，吃力地走在崎嶇的道路，往古德山而去。我們步行在後面，每當馬匹力竭，便往車輪下擺放石頭。彷彿這條路是通往天邊，因為極目望去，它總是越走越高，最後消失在雲端——這片雲自傍晚起即停歇在古德山峰頂，就像隻守候獵物的老鷹。雪在我們腳下咯吱作響。空氣逐漸稀薄，讓人呼吸都覺疼痛，血液不時湧上腦部，不過，在這同時又有一種歡欣的感覺傳遍我周身血管。能這樣高高位於世界之頂，心裡有種說不出的快樂。不用說，這是童稚之情，不過，每當遠離社會的喧囂，接近大自然，我們都不由自主變成了孩子，心靈脫離了人生一切之所得，再度回復到曾幾何時是、且有朝一日還會是的原貌。誰只要有機會和我一樣，遨遊於荒山野嶺，久久端詳它們千變萬化的雄姿，並將瀰漫在山谷間、振奮人心的空氣，貪婪地吞嚥下肚，他自然懂得，何以我會想要去傳達、去敘述、去描繪這些神奇的景致。這當兒，終於，我們登上了古德山，於是停馬歇息，並舉目四望。山巔懸掛著一大片灰雲，寒意逼人，顯示風暴將臨。但是，東方還是萬里晴空，一片金黃，讓我們，也就是我和上尉，把那片灰雲忘得一乾二淨……是的，連上尉也一樣。那些樸實的心靈對於壯麗山河的領悟，較之我們這些耽於舞文弄墨或耍嘴皮子的人，是百倍的強烈，百倍的敏銳。

「我想，您對於這些雄偉的景色都習以為常了吧？」我問他。

「是啊，對颼颼的子彈也一樣習慣了，就是說，習慣掩飾自己無以自主的心跳。」

「可我聽說，對有些老戰士這倒是悅耳的音樂。」

「當然，要這麼說的話，這種音樂也算是悅耳動聽，不過一切都只是由於心跳加速的緣故罷了。瞧瞧，」他指著東方，又補上一句，「多美的地方！」

的確，這樣的景致在別的地方我恐怕再也看不到。我們的下面是科依沙烏山谷，其間貫穿阿拉格瓦河和另一條小河，就像兩條銀線。谷中飄動著淡藍色的霧氣，閃躲著清晨溫暖的陽光，而潛入鄰近的隘谷。左右都是白雪皚皚、灌木叢生的山脊，一峰高過一峰，相互交錯，綿延不絕。遠處也是同樣的山峰，但絕不見兩塊山岩彼此相似。山上積雪閃耀著緋紅色的光輝，如此喜氣，如此燦爛，讓人真想在此長居久留。太陽稍稍從深藍色山嶺的後面探出了頭，也只有老練的眼睛才能從雷雨醞釀中的烏雲，分辨出山嶺。不過在太陽上方有一道血紅色的彩霞，引起我同伴特別的注意。「我不是跟您提過嗎，」他叫了起來，「今天不會有什麼好天氣，得趕緊上路，要不然，我們很可能會在十字架山撞上風雨，動身吧！」他向車夫們喊道。

車夫們把鐵鍊纏繞在車輪代替煞車，免得車子打滑，並抓住馬的籠頭，開始下山。右邊是懸崖，而左邊是深谷，深得連谷底整個奧塞梯亞人的小村落看起來只像個燕巢。每每三更半夜，在這連兩輛馬車都錯不開的路上，信差卻一年到頭得跑個十來回，又不摔出顛簸的車外，想到此，我不禁打個寒顫。我們車夫中，一個是俄國雅羅斯拉夫地方的人，另一個是奧塞梯亞人。這奧塞梯亞人事先便卸下前面的馬匹，小心翼翼地拉住轅馬的籠頭下山坡，而我們那位漫不經心的俄羅斯老鄉連從馭座下都沒下來！我提醒他，至少也該留神留神我的皮箱，我可不願意為了皮箱爬到山谷裡去，他卻回答：「呵，老爺！有上帝保佑，咱們絕不落人後，準時到達，咱們又不是第一回啦。」他說得不錯，我們看似走不到，結果還是到達了。要是人人都能多想想，便會相信，其實生命是不用過度操心的……

不過，諸位想必盼望知道貝菈故事的結局吧？首先得聲明，我寫的不是小說，而是旅行札記。因此，在上尉還未開始說故事前，我不便強迫他說出口。所以，請諸位稍候，或者索性跳過幾頁，不過我奉勸諸位還是不要這樣做，因為翻越十字架山（或者，如博學多聞的剛巴⓯所稱，叫做聖克里斯托弗山）這段經歷將不會讓諸位掃興。於是，我們就從古德山下到契爾托夫山谷……這地名可夠浪漫的！諸位一定在高不可攀的懸崖之間看到惡魔的巢穴吧！其實毫不相干。契爾托夫山谷的名稱出自於「契爾塔」（「邊界」之意）一詞，而不是「喬爾特」（「魔鬼」之意），因為這裡曾經是喬治亞的邊界。這個谷中處處雪堆，讓人很容易想起薩拉托夫、唐波夫和我們祖國其他可愛的地方。

「瞧，這就是十字架山！」當我們下到契爾托夫山谷，上尉手指著披上一層白雪的山崗，對我說。山頂上露出烏黑的石頭十字架，旁邊有一條依稀可辨的路徑，但只有在山邊道路遭大雪封閉時，人們才走這條路。我們的車夫說，這陣子還沒發生雪崩，也是因為愛惜馬匹，才帶我們繞山而行。到拐彎處我們遇見五個奧塞梯亞人，他們主動過來幫忙我們定住車輪，一邊吆喝，一邊拖拉並扶穩我們的馬車。這條道路確實危險。我們頭右邊的上方，懸掛著堆堆的積雪，似乎只要一陣風就會崩坍到谷裡；狹窄的路面部份覆蓋著積雪，有些地方經腳一踩，雪就塌陷，另一些地方由於陽光的照射與夜間的冰凍，雪已結成冰，因此我們是舉步艱難，馬匹也不時滑倒。左邊則是一條深邃的山間裂縫，一道山泉急流其間，忽而隱沒在薄冰之下，忽而奔騰在黑色岩石之間，激起層層白沫。花了兩個小時的功夫，我們好容易才繞過十字架山——足足兩個

⑮ 剛巴（1763-1833），曾任法國駐梯弗里斯領事，著有「南俄遊記」，將十字架山稱為聖克里斯托弗山（Le Mont St. Christophe）。俄語十字架山的發音近似克里斯托弗，因此造成剛巴的誤解。文中作者萊蒙托夫稱剛巴「博學多聞」（或者可譯為「學者」），頗有暗諷之意。

鐘頭才走了兩俄里路！這當兒，烏雲壓得低低的，落起冰雹和雪花。風灌進峽谷，怒吼著，呼嘯著，像是夜鷹大盜[16]。沒多久，石頭十字架隱沒在霧氣中，霧氣像海浪般，一波比一波濃，一波比一波密，從東方滾滾而來……順便一提，有關這座十字架存在著一個離奇卻又很流行的傳說，說它是彼得大帝路過高加索時所豎立的。然而，一則彼得大帝當時只到過達格斯坦，二則十字架上赫然入目的大字寫道，它是根據葉爾莫洛夫將軍的命令建立的，而且還是在一八二四年。儘管有這些題字，傳說卻根深蒂固，讓人真不知該相信哪個才好。更何況，我們並沒有相信題詞的習慣。

我們還得沿著結冰的山岩與泥濘的雪地走約五俄里的下山路，才能到達科比驛站。馬兒疲累不堪，我們也凍得直打哆嗦。風雪蕭蕭，刮得愈發猛烈，正像我們北方故鄉的暴風雪，不過它那粗獷的曲調更悲愴、更悽涼。「哎，淪落天涯的你，」我心裡想，「思念著昔日遼闊、自由的草原而哭泣！那兒，你可以展開寒冷的雙翅而高飛；這兒，你窒息、侷促，有如籠中之鷹，一聲哀鳴，撞擊著鐵籠。」

「糟啦！」上尉說道，「瞧瞧，除了霧和雪，四下裡什麼都看不見。留神點，可別摔落深谷或陷入窟窿。那邊再往下一些，巴依達拉河，恐怕，水勢洶湧，人過不去啦！亞細亞就是這樣子！人也好，河也好，都是靠不住！」車夫吆喝與咒罵，抽打著馬匹，但不管馬鞭如何伺候，馬兒就是重重噴著鼻息，用腳抵住地面，死也不肯挪動一步。「老爺，」終於有個車夫說，「今兒個咱們到不了科比啦，不如暫且拐到左方去，您說好嗎？那邊山坡上有黑黑的什麼，大概是幾戶人家。碰到壞天氣，路客常在那兒落腳。他們說，要是您肯賞幾個酒錢，他們可以帶路。」他補上一句，手指著一個奧塞梯亞人。

「知道啦，老弟，你不用說我也知道！」上尉說道，「這幫騙子！總是喜歡趁機敲詐，賺些酒錢。」

「不過，您要承認，」我說，「要是沒有他們，我們會更糟。」

「還不是一樣，還不是一樣，」他嘀咕著，「我可摸透這幫嚮導啦！光憑鼻子一嗅，就曉得哪裡有便宜可佔，好像沒有他們，人家就找不到路。」

我們於是往左邊走去，費了好一番功夫，總算來到這個簡陋的安身之處。這是兩間用石板和鵝卵石砌成的房子，外面圍繞著同樣的石牆。衣衫襤褸的屋主對我們是殷勤款待。我後來才知道，政府付錢供養他們，條件是要他們招待被暴風雨所困的行旅。

⑯ 俄羅斯古老傳說中的怪鳥，啼聲讓人毛骨悚然。

「這下好多了！」我說著，坐到了火邊。「現在您把貝菈的故事給說完吧。我肯定，故事不會就這麼結束的。」

「您憑什麼如此肯定？」上尉答道，並微微眨了眨眼，露出狡黠的笑容。

「因為這不合常理。凡事以不尋常作開頭，就要以不尋常作結尾。」

「讓你給猜著了……」

「那我很高興。」

「您是高興，可我一想起來，說實在的，就難過啊。這貝菈，真是個好女孩！後來我跟她相處熟了，就把她當女兒看待，而她也很愛我！我得告訴您，我是個沒有家的人，父母音訊全無，大概也有十二年了。以前我沒想到要娶房媳婦，如今呢，您也知道，越發不合適了。所以啊，找到個人讓我寵，我也挺高興的。她常常給我們唱唱歌，跳跳列茲金卡舞⑰……呵，她跳得有多美啊！我看過我們省城的小姐跳過，有回在莫斯科貴族聚會中也看過，大概是二十年前的事了，只是她們跳得可差遠了，全然沒那個味！……畢巧林把她打扮得像個洋娃娃，呵護她，寵愛她。她在我們這兒出落得愈發標致，真不可思議！臉蛋與胳膊上晒黑的皮膚都變白了，兩頰泛著紅暈……她總是那麼快活，老拿我開玩笑，真是調皮。……上帝饒恕她吧！……」

「那你們把她父親死訊告訴她，她怎樣了？」

「在她還沒適應自己的處境前，我們好長一段日子都瞞著她。我們告訴她之後，她哭了兩天，後來也就淡忘了。

「約莫有四個月，一切過得再美也沒有。我好像提過，畢巧林熱愛打獵，他總是迫不及待地要去林子裡打野豬或山羊，可是這陣子，他連要塞的圍牆都不出去了。但過不了多久，我看他又心事重重，常雙手負在身後，在房裡踱來踱去。後來有一回，他誰也沒說，自個就出門打獵，整個上午都不見他的人影。以後一次又一次，次數越來越多……我心裡琢磨著，糟了，他們之間要不妙了！

「有回早晨我去看他們，這景象現在還浮在眼前，貝菈身穿黑綢外衣，坐在床上，臉色蒼白，神色哀怨，我為之一驚。

「『畢巧林呢？』我問道。

「『打獵去了。』

⓱ 高加索一種民族舞蹈，最初起源於達格斯坦，舞者都穿著無鞋跟的高加索靴，舞步猛烈、快速、旋轉。這種舞蹈現已成為俄國代表性的民族舞蹈之一。

「『今天出去的嗎？』她悶不吭聲，像說不出話似的。

「『不，還是昨天呢。』她終於開口了，重重地嘆了口氣。

「『他不會出什麼事吧？』

「『我昨天想呀想，想了一整天，』她噙著淚水回答，『想到各式各樣的兇險，一下子覺得，野豬把他咬傷了，一下子又是車臣人把他擄到山裡……可今天又覺得，他不愛我了。』

「『說實在的，親愛的，妳可別盡往壞處想！』她哭了，接著又驕傲地抬起頭，抹去眼淚，繼續說：

「『要是他不愛我，誰攔著他不把我送回家？我又沒有勉強他。再這樣下去，我自己會離開。我又不是他的奴隸，我是土司的女兒！……』

「我開始勸她，『聽我說，貝菈，總不能要他一輩子都待在這兒，就像縫在妳裙子似的。他年輕人嘛，喜歡打打獵，出去走走就會回來。如果你老是愁眉苦臉的，很快的妳就讓他厭煩了。』

「『說的是，說的是！』她回答，『我要開心起來。』於是她大笑著，抓起了鈴鼓，開始圍著我唱歌、跳舞，蹦蹦跳跳的。但這過不了多久，她又倒在床上，雙手捂住了臉。

「叫我拿她怎麼辦呢？您曉得，我可從來沒和女人打過交道。我想啊想的，該拿什麼安慰她呢，但什麼主意都想不出來。好一會兒我們兩個都沉默不語……場面真是尷尬！

「最後我對她說：『妳願意嗎，我們到圍牆那兒散散步？天氣真好！』這時是九月天。說真的，天氣絕佳，明朗又不熱，山巒清晰可見。我們出去了，沿著要塞圍牆默默地走來走去。後來她就坐到草地上，我也坐在她身旁。唉，真的，想起來也真好笑，我跟在她後面跑，就像個保姆一樣。

「我們要塞地勢高，從圍牆望出去景色美極了。一邊是遼闊的曠野，被幾道長溝切割的坎坎坷坷的，盡頭是一座樹林，綿延直達山脊；曠野上幾座村落炊煙繚繞，成群牛羊來來往往。另一邊奔竄著淺水的小河，河邊是覆蓋著茂盛樹叢的多石高地，連接著高加索山峰的主脈。我們坐在碉堡的角落，因此兩邊景象都能盡收眼底。我忽然發現，有一人騎著灰馬從樹林奔出，越走越近，最後在小河對岸停了下來，離我們約一百俄丈⓲遠，接著，發瘋似的把馬騎得團團打轉，真是邪門！……『妳瞧瞧，貝菈，』

⓲ 俄丈是俄國舊制長度單位，等於 2.134 公尺。

我說，『妳年輕，眼力好，馬上騎士究竟是誰，他是給誰逗樂子來的？……』

「她舉目一看，尖叫一聲：『這是卡茲比奇……』

「『啊，是他這個強盜！怎麼啦，是來取笑我們嗎？』我仔細打量，正是卡茲比奇。他那張黑黑的嘴臉，一身穿著又破又髒，還是老樣子。『這是我父親的馬兒，』貝菈一把握住我的手說道。她像樹葉般全身顫動，兩眼發亮。我心裡想，『呵，寶貝，妳身上流動的強盜血液還沒平靜呢！』

「『你過來這兒，』我對哨兵說，『瞄準好你的槍，把那傢伙一槍給我打下馬，你會有一個銀盧布的賞錢』『遵命，長官，只是他不肯停在原地……』『你命令他啊！』我笑著說……『喂，老兄！』哨兵喊道，並對他揮揮手，『歇會兒吧，你像陀螺似的團團轉作啥？』卡茲比奇真的停住，留神聽著，準當有人要和他談判，——門都沒有！……我的兵士舉槍瞄準……砰！……落空；只見火藥在槍膛冒出火花，卡茲比奇雙腿一夾，坐騎即縱躍到一旁。他站立在馬鐙上，用土話吶喊了幾句，用馬鞭威嚇一下，隨即揚長而去。

「『你真不害臊！』我對哨兵說。

「『長官！他送命去啦，』他答道，『像這種可惡的傢伙，一下是殺不死的。』

此。在我最青春年少的時候，一脫離父母監護起，我就縱情享受凡是用金錢所能換得到的歡樂。自然，這些歡樂也讓我厭惡了。後來我踏入上流社會，過沒多久，這個社會也讓我厭煩。我迷戀過上流社會的美女，也為她們所愛，但是她們的愛情只能滿足我的幻想和虛榮，我的內心還是空虛的……我開始讀書、作學問，可是學問也讓我厭倦。我看出，榮譽也好，幸福也罷，都與學問無關，因為最幸福的人是沒受過教育的人，而榮譽來自成功，要達到成功，就只靠靈活的手腕。於是我覺得苦悶……不久我被調到高加索，這是我生命中最幸福的時刻。我本期望，在車臣人的槍林彈雨中，我的苦悶不再——可是期望落空了。一個月過後，我已習慣於嗖嗖的子彈以及逼近的死神。說實在的，嗡嗡的蚊子還更能吸引我的注意——於是，我更是前所未有的苦悶，因為我連最後的希望都落空了。當我在屋裡看到貝菈，當我第一次把她擁抱在膝上，親吻著她烏溜溜秀髮，我這個呆子還以為，她是大慈大悲的命運之神給我派來的天使……我又錯了！野姑娘的愛情較之於貴婦名媛，未必高明多少；一個是單純無知，另一個是賣弄風情，同樣都讓人生厭。如果您滿心希望，那我還可以愛她，我感謝她給了我短暫的甜蜜，我願為她奉獻生命，只是跟她在一起我覺得無聊……我是笨蛋還是壞蛋，我說不上來。但是有一點可以肯定，我也是很值得憐憫，或許比她更甚。

我的心靈已被俗世慣壞，我的想像騷動不安，我的內心永不知足，一切對我都嫌少。對於悲傷我很容易習以為常，對於歡樂也是如此。於是，我的生命一天比一天空虛。我只剩一個辦法，就是旅行。一有機會，我就動身，只不過不要去歐洲，上帝保佑不要！——我要去美洲，去阿拉伯，去印度，說不定在半路上就客死他鄉！至少我相信，靠著狂風暴雨與險惡路途的幫忙，我最後的慰藉不會很快就煙消雲散。』他就這樣說了很久，他的話深深刻印在我的記憶中，因為這是我生平第一次從一個二十五歲的人嘴裡聽到這樣的話，但願也是最後一次……真是怪事！您倒說說看，」上尉轉身對我繼續說道，「您好像到過京城好幾回，不久前也才去過，莫非那邊的年輕人都是這副德行？」

我回答說，是有很多人說同樣的話，或許，有些人說的也是事實，不過，悲觀絕望像所有的時髦一樣，興起於社會上階層，再傳播到下階層，然後流行開來：如今，真正最感苦悶的人把這種不幸視為一種罪惡，反倒努力掩飾。上尉不理解話中奧妙，搖了搖頭，狡滑地笑了笑說：

「苦悶作為一種時髦，這一切想必是法國人傳進來的吧？」

「不，是英國人。」

「喔，原來如此！……」他答道，「難怪他們都是惡名昭彰的酒鬼！……」

我不由得想起莫斯科的一位貴夫人，她一口咬定，拜倫⑲不過是個酒鬼。然而，上尉的評論還是情有可原，為了不喝酒，他當然極力讓自己相信，世界上一切的不幸都是酗酒造成的。

這時，他就這樣繼續他的故事。

「卡茲比奇沒再露面。只是說不上為什麼，腦子裡有個念頭我總是揮之不去，總覺得，他這次出現不會是平白無故的，他一定在打什麼壞主意。

「有回，畢巧林勸我跟他一道去打野豬，我推托了半天。野豬對我也沒什麼好稀奇！不過他還是硬把我拉去了。我們帶了五個士兵，一大早出發。我們在蘆薈叢與樹林裡鑽來鑽去，直到十點鐘，就是不見一隻野獸。『喂，不回去嗎？』我說，『幹嘛這麼死心眼？今兒個顯然沒碰上好日子！』但畢巧林不願空手而回，也顧不得天氣炎熱，人又疲乏……他就是這樣的人，想幹什麼，就幹什麼，想必小時被媽媽慣壞……最後，到了中午時刻，總算找到一隻該死的野豬，砰！砰！……偏偏又落空，讓野豬竄進蘆薈叢……真是不走運的一天！……於是我們稍作休息，就動身回家。

「我們鬆開轠繩，不發一語，騎著馬並肩而行，眼看就要來到要塞，就是一片灌樹林擋住我們的視線。忽然一聲槍響……我們心頭一震，不禁起疑，互相對望一眼……急忙策馬朝槍響處奔去，——我們看見，圍牆上士兵擠成一團，並朝著曠野那邊指指點點，那邊有一人騎馬飛奔，並抓著馬鞍上白色的什麼東西。畢巧林大叫一聲，其聲之響不亞於任何車臣人。他從皮套抽出槍枝，放馬追去，我也跟在後面。

「幸虧打獵不順，我們的馬兒沒有累壞，牠們在鞍下一股勁地衝刺，轉瞬間越追越近……終於我認出是卡茲比奇，只是看不清楚他按在身前的是什麼，我趕到畢巧林身旁，對他喊道：『這是卡茲比奇……』他看我一眼，點了點頭，抽了馬一鞭。

「這時，終於，我們把卡茲比奇追趕到射程之內。不知他的坐騎是疲乏了，還是不如我們的馬快，不管他怎麼催趕，那馬兒還是跑不快。我想，這一刻他一定很懷念他的『卡拉格斯』吧……

⓳ 拜倫（George Gordon Byron, 1788-1854）是英國著名浪漫主義詩人，也曾叱吒風雲於戰場，流連忘返於情場。他的作品包括抒情詩、諷刺詩、長篇敘事詩、長篇詩劇等，大都洋溢反抗與激情，塑造出文學史上著名的「拜倫式英雄」，其特徵是高傲、堅強、孤獨、憂鬱。年輕的拜倫固然放縱揮霍，但後也積極投身於歐洲革命運動，為爭取許多國家的民主自由與民族解放而奮鬥。

「這時我看到，畢巧林一邊飛奔，一邊舉槍瞄準……『別開槍！』我對他叫道，『省省子彈吧，我們這就追上他了。』唉，這年輕人！脾氣總是來的不是時候……結果槍響了，子彈射穿馬的後腿，那馬還暴跳十來次，之後絆了一跤，跪倒在地。卡茲比奇跳下馬，這當兒我們才看到，他抱著一個裹著披巾的女人……這是貝菈……可憐的貝菈！卡茲比奇用土話對我們吼叫了什麼，便朝貝菈頭上舉起匕首……這時已是刻不容緩，於是我開槍了，碰碰運氣，子彈準是擊中他的肩膀，因為他突然垂下胳膊……等到硝煙散去，只見地上躺著一匹負傷的馬，馬旁是貝菈。卡茲比奇丟下槍，像隻貓似的，攀著灌木叢往懸崖上爬。我真想一槍把他打下來，但槍膛中已沒子彈了！我們跳下馬，奔向貝菈。真可憐，她躺著紋絲不動，鮮血從傷口泉湧而出。真是惡毒，要是當胸一刀也罷，這樣一下子就了結。可是卻捅在她的後背……真是最毒辣的土匪手段！她昏迷不醒。我們撕開披巾，緊緊綁住她的傷口，畢巧林親吻著她冰冷的雙唇，還是徒勞無益，怎麼也無法讓她甦醒過來。

「畢巧林騎上馬。我把貝菈從地上抱起，勉強把她扶坐在畢巧林前面的馬鞍上，他一手摟住貝菈，我們便騎馬回走。片刻沉默之後，畢巧林說道，『我看，馬克西姆·馬克西梅奇，照這麼走法，我們不能把她活著送回家。』『沒錯！』我說，於是我們便縱馬奔馳。要塞門口已有一群人等著我們。我們小心翼翼地把受傷的貝菈抬到畢巧林屋裡，就打發人去請醫生。他雖然醉醺醺的，終究還是來了。他驗了傷，說貝菈活不過一天，可是他錯了……」

「她活過來啦？」我握住上尉的手，不禁歡喜地問。

「沒有，」他回答，「醫生錯了，因為她又活了兩天。」

「您倒說說看，她是怎麼被挾持的？」

「是這樣的，她沒聽畢巧林的話，走出要塞到小河邊去。您知道，那天天氣很熱，她坐在石頭上，把腳放到水裡。這時卡茲比奇悄悄摸了過來，一把抓住她，捂住嘴，拖進灌樹叢，跳上馬，一溜煙就跑了！這當兒貝菈趁機叫喊起來。哨兵們一陣慌亂，開槍射擊，全都落空，這時我們也正好趕來。」

「卡茲比奇為什麼要擄走她？」

「這還用說！契爾克斯人是出名的賊種，什麼東西沒放好，他們就會順手牽羊，就算是用不著的東西，也是無所不偷……這種事情只有請您饒恕他們了！更何況卡茲比奇早就喜歡她了。」

「那貝菈死了嗎？」

「死了。不過受折磨了一陣子，我們陪著她也是飽受煎熬。晚上十點鐘左右，她甦醒了過來。我們坐在床邊，她一睜開眼，就呼喚畢巧林。『我在這兒，在妳身旁，我的賈妮琪卡（按照我們的話，就是寶貝）！』畢巧林握著她的手說。『我就要死啦！』她說。我們便安慰她說，醫生答應一定會把她醫好。她搖搖頭，轉臉對著牆，她可不想死啊！……

「夜裡她開始胡言亂語。她的頭滾燙，渾身上下忽冷忽熱，不住打顫，說起話來前言不對後語，一下子提到父親，一下子說到弟弟；她想到山裡去，回家去……隨後她又提到畢巧林，用各種親暱的名字稱呼他，或是責怪他不再愛自己的賈妮琪卡……

「畢巧林把頭埋在手裡，默默地聽著她，不過我始終沒在畢巧林的睫毛上看到一滴淚水。他究竟是真的哭不出來，還是強忍淚水——我不得而知。至於我嘛，我可沒見過比這更悽慘的了。

「天快亮時，囈語不再。大約有一小時的光景，貝菈躺著一動也不動，臉色蒼白，虛弱得簡直讓人看不出她是否在呼吸。後來她好了些，又開始說話了，不過，您想她說什麼來著？……唉，那種念頭也只有臨死的人才會有！她感到傷心的是，她不是基督教徒；到那個世界，她的靈魂永遠無法與畢巧林的靈魂相會；在天堂裡將會有另一個女人與畢巧林相伴。我心頭忽然一動，要不在她臨死前讓她受洗。我把這個主意對她說了，她望了我一眼，拿不定主意，久久說不出話來。最後，她回答，她出生時信仰什麼，過世時就信仰什麼。就這樣過了一整天。這一天裡她變化多大呀！蒼白的兩頰深陷下去，兩眼變得大大的，嘴唇滾燙。她感到體內烈火燃燒，就像有燒紅的鐵塊擱在胸口。

「第二晚降臨，我們都沒闔過眼，也沒離開過她的床邊。她痛苦地煎熬、呻吟，但只要痛苦稍減，她就極力向畢巧林保證，她好多了，勸他去睡覺，又親吻他的手，握住不放。天亮之前，她感到死亡的憂傷，開始在床上翻來覆去，扯動繃帶，鮮血又涔涔流出。給她包紮好了傷口，她安靜了一下子，又開始要畢巧林親吻她。他跪在床邊，從枕頭上微微扶起貝菈的頭，把自己的嘴唇緊貼在貝菈越來越冰冷的唇上，她顫抖著雙手，緊緊擁抱著畢巧林的脖子，彷彿要在這一吻中託付給他自己的靈魂……不過，她死了也好！唉，否則要是畢巧林把她遺棄了，她該怎麼辦才好？而這本是會發生的事，遲早而已……

「再次日的上半天，她很安靜、沉默且聽話，儘管受了醫生不少熱敷劑與藥水的折磨。『饒了她吧，』我對醫生說，『您不是說，她活不成了，那何苦還要這些藥劑呢？』

他回答，『有總是好些，馬克西姆‧馬克西梅奇，讓良心也好過些。』哼，好一個良心！

「午後，貝菈開始乾渴難耐。我們推開了窗子，但是外邊比屋裡更熱。我們在床邊擺些冰塊，但無濟於事。我明白，這種難耐的乾渴正是臨終的徵兆。我把這告訴了畢巧林。

「『水，水！……』她從床上欠起身，聲音嘶啞地說。

「畢巧林臉色蒼白得像一塊白布，抓起杯子，倒滿水給她喝。我雙手掩住了眼睛，開始祈禱，可卻記不得念了些什麼……唉，老弟，我看過多少次人們在醫院和戰場上死亡，可是這次不一樣，完全不一樣！……還得承認，讓我傷心難過的是，她臨死前居然一次也沒想起我，我卻像父親那樣疼愛她……唉，上帝饒恕她吧！……再老實說吧，我又算得了什麼，要人家在臨終前想起我？……

「她喝了水，立刻覺得好過些，可是過了三、四分鐘她就離開人世了。我們把一面鏡子放到她唇邊——鏡面還是光亮亮的，斷氣了！……我把畢巧林拉出屋外，朝要塞圍牆走去。好一段時間，我們肩並肩來回走著，雙手負在身後，一語不發。他的臉沒露出一絲特殊表情，這讓我很氣惱。換了是我，我一定痛苦死了。最後，他在有樹蔭的地面上坐了下來，拿起小棒子在沙地上畫了些什麼。您知道，多半是出於禮貌，我想安慰他，就說起話來。他舉起頭來，竟然笑了……這笑聲讓我不寒而慄……我轉身便走，訂購棺材去了。

「老實說，我做這事有些是為了排遣悲痛。我有一塊緞子，就拿它覆蓋棺材，再裝飾上那些畢巧林買給她的契爾克斯銀飾帶。

「隔天一大早，我們就把她埋在要塞外面的小河旁邊，靠近她最後坐過的地方。如今，她的小墳頭周圍是枝繁葉茂的洋槐與接骨木樹叢。我本打算要在那兒立個十字架，可是您也知道，還是不合適，她到底不是基督徒啊……」

「那畢巧林怎麼了？」我問道。

「畢巧林病了很久，人也消瘦了，可憐的傢伙。不過，從那時起，我們就沒談起貝菈，我看得出，他聽了心裡會難過，那又何必呢？……大概過了三個月，他調往某軍團，就動身去喬治亞了。從此我們再沒見過面……對了，想起來了，不久前有人告訴我，說他回俄羅斯了，但軍團派令裡卻沒有看到。不過，消息要傳到我們這兒總是很晚的。」

說到這裡，他就長篇大論，訴說他們往往慢了一年才獲知外面的消息，真是不痛快——或許，他說這些話是要遮掩悲痛的回憶。

我沒打斷他，也沒在聽。

一小時之後，可以上路了。暴風雪停息，天也放晴，我們便動身了。路上我不由得又談起貝菈與畢巧林。

「那你沒聽說卡茲比奇怎麼了嗎？」我問道。

「卡茲比奇嗎？說真的，不知道……不過我聽說，在右翼陣地⑳沙普蘇格人㉑那裡有個叫卡茲比奇的，膽子奇大，穿著紅色長襖，竟然在我們的槍彈底下騎著馬兒小碎步地四處走動，有時子彈咻咻地從身邊飛過，他還是彬彬有禮地向人行禮致意。不過，這未必是同一個人！……」

我在科比與馬克西姆·馬克西梅奇分手。我換乘驛車，而他由於行李過重沒能跟上。我們都沒料到還有機會見面，可是我們後來畢竟又重逢了。要是諸位樂意，我可以說說。嗯，這說來話長……不過，諸位是不是承認馬克西姆·馬克西梅奇是個值得尊敬的人？要是諸位承認這點，對我這或嫌太長的故事，也將算有所回報了。

⑳ 指俄國高加索邊防前線的右翼。

㉑ 契爾克斯族中的一支。

馬克西姆・馬克西梅奇

我和馬克西姆・馬克西梅奇分手之後，匆匆驅車越過捷列克峽谷與達利亞爾峽谷，在卡茲貝克用早餐，在拉爾斯喝茶，並於晚飯前趕到弗拉德卡夫卡斯。

至於山嶺的描寫、空洞的讚嘆、特別對那些未能身臨其境的人難以想像的圖畫，以及根本沒人會去理會的統計數字，我就略過不表，免得諸位心煩。

我投宿在一家旅店，這裡常會有過往路客落腳，不過店裡也沒有人可供差遣去烤隻山雞、煮碗白菜湯，因為負責旅店的三位殘障軍人不是傻裡傻氣，就是醉醺醺的，無法和他們說道理。

人家告訴我，我得在這兒待上三天，因為從葉卡捷琳諾格勒出發的「奧卡西亞」㉒還未抵達，自然還不能動身。這是哪門子「奧卡西亞」啊！……一句拙劣的俏皮雙關語是安慰不了俄羅斯人的。於是，為了排遣無聊，我就想把馬克西姆・馬克西梅奇所講有關貝菈的故事記錄下來，卻沒料到它後來竟成為一系列小說的開頭環節。諸位瞧瞧，一件無足輕重的小事有時候也會帶來重大後果！……也許諸位還不知道，什麼是「奧卡西亞」吧？這是一個護送隊，由半連士兵及一門大砲組成，陪同輜重車隊，從弗拉德卡夫卡斯出發，經過卡巴爾達，前往葉卡捷琳諾格勒去。

頭一天我過得很無趣。次日一早，有輛馬車趕進院子裡……哇！馬克西姆・馬克西梅奇！……我們像老友般的重逢。我邀他與我共住一房。他沒和我客套，甚至還在我肩頭捶了一拳，撇著嘴笑笑，怪人一個！……

馬克西姆・馬克西梅奇在烹飪方面很有心得。他烤的山雞好得讓人驚奇，酸黃瓜醬汁也加得恰到好處。我得承認，要是沒有他，我恐怕要靠乾糧度日。一瓶卡赫齊亞葡萄酒下肚，就讓我們忘記了只有一道菜餚的寒酸伙食。我們點了煙斗，各自落座——我在窗邊，他在爐旁，爐子生著火，因為天氣又濕又冷。我們沉默不語。叫我們說什

㉒「奧卡西亞」（оказия）在俄語中是多義詞，具有「機會」（指方便的機會或搭乘便車的機會等）、「怪事」、「護送隊」等意，在此做雙關語使用。

麼好呢？……他那些有趣的事都已講給我聽了，而我又沒什麼好說的。我望著窗外。捷列克河奔騰著，河面漸行漸寬，很多低矮的房子沿河散佈，掩映在樹叢之間；更遠處，藍色山巒起起伏伏，像是一道齒狀城牆，群山之後矗立著卡茲貝克山，好像是頭戴著白色主教帽似的。我心中默默與群山告別，真覺得依依不捨……

我們就這樣坐了很久。太陽藏匿到寒冷的峰巒後面，白茫茫的霧氣開始瀰漫在山谷，這時街上傳來馬車的鈴鐺聲與車夫的吆喝聲。幾輛大車載著一批髒兮兮的亞美尼亞人駛進旅店的院子，後面跟著一輛空空的旅行馬車，行動輕快，構造舒適，式樣考究，在在顯示舶來品的標誌。車後跟著一個人，蓄著濃密的小鬍子，身著匈牙利式驃騎兵上衣，對一個僕役來說，他的穿著也夠氣派。瞧他神氣活現的派頭，不時從煙斗中抖落煙灰，並斥喝著車夫，他的身分就不會讓人搞錯。他顯然是個被懶惰的老爺慣壞的跟班——頗有俄國費加羅㉓的味道。

「喂，老兄，」我從窗口對他叫道，「這是怎麼了，護送隊到了，是嗎？」

他傲慢十足地瞧了我一眼，拉拉領帶，又轉過身去。倒是走在他身邊的亞美尼亞人微笑地代他答道，正是護送隊來了，且明天一大早就動身回去。

「感謝上帝！」馬克西姆·馬克西梅奇這時走到窗前說道，「多漂亮的馬車！」

他又補充說，「準是哪位官員到梯弗里斯審查案件。看來，他沒見識過我們這兒的山區！喔，不，簡直開玩笑，老兄，我們山區可是翻臉無情的，顛簸得就是英國馬車也會拆散！」

「這是哪號人物？我們去打聽一下……」

我們來到走廊。走廊盡頭，側旁一間房子的門敞開著。那僕役和車夫正往屋裡搬皮箱。

「喂，兄弟，」上尉向他問道，「那輛漂亮的馬車是誰的？……呃？……好美的馬車！……」那僕役沒轉過身來，自個兒嘴裡嘟囔些什麼，一邊解開著皮箱。馬克西姆．馬克西梅奇發火了。他推推那沒禮貌的傢伙的肩膀，說道：「我在跟你說話呢，老兄……」

「誰的馬車呀？……我家老爺的……」

「那你家老爺是誰？」

㉓ 費加羅是法國喜劇作家博馬舍（P. A. Caron de Beaumarchais, 1732-1799）名劇《費加羅的婚姻》（Le Marriage de Figaro）中聰明機智的僕人。

「畢巧林……」

「什麼？你說什麼？畢巧林？……哇，我的上帝！……他不是在高加索當過差嗎？……」馬克西姆・馬克西梅奇叫道，拉拉我的衣袖。他眼中閃動著喜色。

「似乎是當過，——我跟著他老爺還沒多久呢。」

「是了！……是了！……就是格里戈里・亞歷山大維奇？……他是這麼稱呼吧？……我跟你家老爺是朋友呢。」他補充說，友善地拍拍那僕役的肩膀，拍得他身體都晃動起來……

「抱歉，先生，您干擾到我做事了，」那人皺著眉頭說。

「嘿，你這傢伙！……你可知道？我和你老爺是老朋友了，住在一塊兒過……他人哪兒去了？……」

那僕役說，畢巧林在N上校那裡用晚餐，也會在那兒過夜。

「那他晚上就不過來這兒嗎？」馬克西姆・馬克西梅奇說道，「要不，老兄，你沒什麼事要去找他吧？……要是去了，就這樣說，馬克西姆・馬克西梅奇在這兒，這樣說……他就明白……我給你八十戈比買酒喝……」

那僕役聽說這麼寒酸的賞錢，露出一副不屑的神情，不過還是答應，馬克西姆・

馬克西梅奇交代的事一定照辦。

「看吧，他馬上就會來！……」馬克西姆・馬克西梅奇向我說道，一臉興高采烈，「我到大門口去等他……唉，很遺憾我不認識N上校……」

馬克西姆・馬克西梅奇坐到大門口一張板凳上，我就走進自己屋裡。老實說，我也是迫不及待地期盼這位畢巧林的出現，儘管聽了上尉的故事，我對他的印象並不是很好，不過，他個性中的某些特質在我看來很與眾不同。一小時過後，殘障軍人送來了滾開的茶炊和一把茶壺。

「馬克西姆・馬克西梅奇，要不要喝口茶？」我從窗口向他喊道。

「謝了，不大想喝。」

「喂，喝個茶吧！瞧瞧，天色已經晚了，冷得很呢！」

「不要緊，謝謝……」

「好吧，那就隨你的便！」我就獨自喝茶。過了約莫十分鐘，老頭走了進來。

「看來您說得對，還是喝點茶好，——我一直等著他……那人去找他也已經有好半天了，嗯，準是什麼事給耽擱了。」

他匆匆地喝了一杯茶，拒絕再來一杯，焦躁不安地又回到門口。顯然，畢巧林的怠慢刺傷了老頭的心，更何況，才不久前他跟我談起他與畢巧林的交情，也才一鐘頭前他還滿心以為，畢巧林一聽到他的名字，就會飛奔而來。

當我再度打開窗戶，招呼馬克西姆·馬克西梅奇，告訴他也該就寢了，這時天色已經又晚又黑。他嘴裡嘀咕幾句，我又邀請了他一遍，他什麼也沒回答。

我裹上大衣，把蠟燭留在炕上，便躺到沙發上去，很快就恍恍惚惚了，要不是馬克西姆·馬克西梅奇很晚的時候才進房把我吵醒，我這一睡可就寧靜安詳了。他把煙斗往桌上一摔，一下子在屋裡踱來踱去，一下子撥動撥動爐火，終於躺了下，卻久久地咳嗽、吐痰、輾轉反側……

「是不是臭蟲咬您啊？」我問道。

「是啊，臭蟲……」他回答，重重地嘆口氣。

次日清晨我很早就醒來，可是馬克西姆·馬克西梅奇起得比我更早。我發現他又坐在門口的板凳上。「我得到司令那兒一趟，」他說，「就這樣，要是畢巧林來了，請打發人通知我一聲……」

我答應了。他拔腿便跑，彷彿手腳又恢復了青春的活力與靈巧。

早晨清冷，卻美麗。金黃色的雲彩簇擁在群山之上，就像是新出現在空中的一列種隱藏自我性格的可靠標記。不過，這只是全憑自己觀察所得出的個人意見，我全然無意強迫諸位盲目相信。當他坐到板凳上時，他挺直的腰背捲曲起來，彷彿背脊上沒有骨頭似的。他全身的姿態呈現某種神經衰弱的樣子。他的坐相酷似巴爾扎克筆下酣舞過後癱坐在絨毛軟椅上三十歲的風騷女子㉔。第一眼看到他的臉，我估計他最多不過二十三歲，稍後我又覺得他足有三十歲。他的笑容帶點童稚之氣。他的皮膚有種女性的細緻；天生捲曲的淡黃色頭髮生動地勾勒出蒼白卻高雅的天庭，只有仔細觀察才能發現天庭上交錯的皺紋，但在憤怒或是內心激動瞬間可能就清晰浮現。雖然他頭髮顏色很淡，小鬍子和眉毛卻是黑黑的，這是人類血統的一種標誌，就像黑鬃黑尾的白馬一樣。為了對這人模樣作完整描繪，我還要指出，他的鼻子微微上翹，牙齒白得耀眼，眼睛是褐色，有關這雙眼睛我不得不多說幾句。

首先，當他笑時，眼睛並不笑！諸位是否有時也在某些人身上注意到這種怪事呢？……這是一種標誌，不是表示壞脾氣，就是經常性的抑鬱寡歡。在半垂的睫毛下，眼睛閃動著磷火般的光芒，如果可以這樣形容的話。這並不是內心火熱或是想像力奔放的反映，而是類似於平滑鋼板發出的光芒，耀眼卻冰冷。他目光看人總是匆匆一瞥，卻顯沉重又具穿透力，好像是對人作冒昧的質疑，給人一種不愉快的感覺，要不是眼神那樣冷淡平靜，甚至讓人覺得是傲慢無理。所有這些觀感浮現我腦海，或許是因為我已知道他生命中的一些底細，要是換了別人，他的模樣可能產生截然不同的印象。不過，除了我之外，諸位也無從得知他的情況，因此也只好滿足於我這些描寫了。最後，總的來說，他長得相當漂亮，擁有上流社會女子所喜歡的、別具一格的相貌。

馬匹已經套好。車軛下的小鈴鐺不時叮噹地響著，僕役已兩次走到畢巧林跟前報告說，一切準備妥當，可是馬克西姆・馬克西梅奇還沒來。幸虧畢巧林眺望著高加索齒狀起伏的青色山巒，並陷入沉思之中，似乎還不急著上路。我走到他跟前。

「如果您願稍候片刻，」我說，「就可以很高興地和一位昔日老友重逢……」

「喔，沒錯！」他迅速回答，「他們昨天就告訴我了，他現在人在哪兒？」我回頭望望廣場，看見馬克西姆・馬克西梅奇沒命地往這兒跑來……

幾分鐘之後，他已來到我們跟前，氣喘吁吁，冰雹般的汗水從臉上滾下，幾撮溼漉漉的灰白色頭髮從帽子下露出，黏貼在腦門上。他的雙膝顫抖著……他原想撲過去

㉔ 指法國著名作家巴爾扎克（Honoré de Balzac，1799-1850）的作品《三十歲的女人》（La femme de trente ans）中的主角。

擁抱畢巧林，但畢巧林雖彬彬有禮地微笑著，卻相當冷淡地向他伸出一隻手。上尉愣了一下，隨即雙手使勁地握住他那隻手，一時之間說不出話來。

「真高興啊，親愛的馬克西姆・馬克西梅奇！嗯，您這一向可好？」畢巧林說。

「你……喔，您呢？……」老頭兒喃喃道，兩眼滿是淚水。「多少年啦？……多少日子啦？您這是往哪裡去啊？……」

「去波斯，還要去更遠……」

「難道就急著現在嗎？……等一會吧，親愛的！……難道這就分手嗎？……多少日子沒見面了……」

「我該走了，馬克西姆・馬克西梅奇。」這是回答。

「我的上帝啊，上帝！您這是急什麼？……我還有不少話要對您說呢……有不少事要問您呢……呃，怎樣？退役了嗎？……生活如何？……這一向幹些什麼？……」

「很是無趣！」畢巧林笑著回答。

「還記得我們在要塞的那段日子嗎？……那真是狩獵的好地方！……那時您可瘋迷射擊呢……還記得貝菈嗎？……」

畢巧林臉色微微發白，轉過身去……

「嗯，記得！」他說道，幾乎同時不自然地打了個哈欠……

馬克西姆・馬克西梅奇再三勸他多待幾個鐘頭。「我們痛快地吃頓午餐，」他說，「我有兩隻山雞，還有這裡的卡赫齊亞葡萄酒也是風味絕佳……當然，和喬治亞那裡的不同，但卻是上品……我們聊聊……您給我講講您彼得堡的生活……呃？……」

「說真的，我沒什麼可講的，親愛的馬克西姆・馬克西梅奇……可是，再會了，我該走了……我要趕路……謝謝您沒有忘記我……」他握住馬克西姆・馬克西梅奇的手，又說了一句。

老頭兒緊皺眉頭……他是又傷心，又氣惱，雖然努力掩飾自己的情緒。「忘記！」他喃喃道，「我可什麼都沒忘記……好吧，願上帝與您同在！……我倒沒料到我們見面時會是這樣子……」

「唉，夠了，夠了！」畢巧林友善地擁抱了他說道，「難道我不是原來那個人嗎？……有什麼辦法？……各人有各人的路……至於能不能再見面——上帝知道！……」說這話時，他人已坐進馬車，車夫正抓起韁繩。

「等等，等等！」馬克西姆・馬克西梅奇突然叫嚷起來，手捉住了車門，「我簡直給忘了……我這兒還留著您的稿件，畢巧林……我一直帶在身邊……我原以為會在喬治亞找到您，沒料到上帝讓我們在這兒碰頭……這些稿件我該怎麼處置？……」

「隨您便好了！」畢巧林答道，「再見吧！」

「那麼您這就去波斯啦？……那什麼時候回來？……」馬克西姆·馬克西梅奇在後面喊道……

馬車已去遠，畢巧林卻做了個手勢，它可以這樣解讀：未必回得來！但又何必呢？……

早已聽不到鈴鐺的聲響，也聽不到車輪壓在石子路的轔轔聲，可憐的老頭兒猶自佇立於原地，陷入沉思中。

「是了，」終於他說道，努力裝出一副淡然的樣子，雖然懊惱的淚珠不時在睫毛上閃動，「當然，我們曾經是朋友，嘿，可是當今這世道朋友算什麼！……「他會看中我什麼？我無錢無勢，再說年齡跟他又不相稱……瞧，他在彼得堡重新待了一陣子，就變成這副公子哥兒的德行……這麼花俏的馬車！……「這麼多的行李！……就連跟班的都那麼神氣！……」說這幾句話時，他臉上帶著嘲諷的笑容。「您倒說說，」他對著我繼續說道，「呃，您對這事有何看法？……哼，是什麼鬼東西把他帶往波斯去？……荒謬，真是荒謬！……我一向知道，他為人輕浮，靠不住。唉，真的，讓人遺憾，他不會有好下場……不會有的！……我常說，忘記老朋友的人準不會有好報的！……」說到這兒，他轉過身去掩蓋自己的激動，並到院子裡他的馬車旁走來走去，裝作在檢查車輪，其實眼眶裡卻滿含淚水。

「馬克西姆・馬克西梅奇，」我走到他跟前說，「那畢巧林留給您的是什麼稿件？」

「只有上帝曉得！筆記之類的玩意兒吧……」

「您要怎麼處置它呢？」

「怎麼處置？我叫人拿去包彈藥。」

「那不如送給我吧！」

他詫異地看了我一眼，嘴裡嘟囔著些什麼，就開始翻動皮箱。他翻出一本筆記本，不屑地把它扔到地上，接著，第二本，第三本，直到第十本，本本都遭到同樣的命運。他的懊惱中帶有一種孩子氣，我覺得又好笑又同情……

「全都在這兒啦，」他說，「恭喜您大有斬獲……」

「那麼，我可以隨意處理它們嗎？」

「就是拿到報紙刊登也行……關我什麼事！……難道我是他的什麼朋友或是親戚不成？……不錯，我們曾經同在一個屋頂下過活好一段時間……但跟我同住過的還會少嗎？……」

我一把捉起稿件，趕快拿走，免得上尉反悔。不久，有人來通知，護送隊一個小時後出發。我於是吩咐備馬。上尉走進屋裡時，我已戴好帽子。他似乎不準備動身，神情顯得有些不自然與冷漠。

「馬克西姆・馬克西梅奇，難道您不走嗎？」

「不走。」

「怎麼啦？」

「我還沒面見司令官呢，我得交給他一些公家東西……」

「您不是已去過他那兒嗎？」

「去過了，當然……」他支支吾吾地說，「可是他不在家……我沒等到他。」

我懂得他的意思。可憐的老頭，這恐怕是平生第一回——套句官腔——因私忘公，可是他又獲得什麼回報啊！

「非常遺憾，」我對他說，「非常遺憾，馬克西姆・馬克西梅奇，我們得提前分手啦。」

「我們這些沒受教育的老頭子哪能高攀你們呢！……你們都是上流社會的年輕人，

高傲得很哪。在這兒契爾克斯人的子彈下，你們還能跟我們湊合湊合……可往後再見面，連跟我們伸個手都會覺得有失身份。」

「我可承當不起這些苛責，馬克西姆・馬克西梅奇。」

「您知道，我這只是順口說說而已。好了，我祝您諸事如意，一路平安！」

我們的道別很冷淡。善良的馬克西姆・馬克西梅奇變成老頑固、耍脾氣的上尉！這是什麼緣故？就因為馬克西姆・馬克西梅奇想撲過去擁抱畢巧林，而畢巧林由於心不在焉或別的理由，只向他伸出一隻手！看到年輕人喪失最美好的希望和夢想，看到那面粉紅色薄紗，那面他曾經透過它來探視人間百態與情感的薄紗，從眼前扯落，我總是為之惻然！儘管他還是有希望，可以用同樣轉瞬即逝、卻也同樣甜美動人的、新的幻夢來代替舊的……可是，像馬克西姆・馬克西梅奇這把年紀，還能用什麼來代替舊的呢？心腸自然變硬，心扉自然關閉……

我走了，一個人。

畢巧林日記

序言

不久之前，我獲悉畢巧林從波斯歸國途中過世。這消息讓我很高興，因為它賦予我出版這些札記的權利。於是我趁機把自己的名字擱在他人的作品之上。上帝保佑，對於我這種天真的剽竊，但願讀者能不予責罰！

現在，我應交代幾句，為何我要把一位素昧平生的人的內心祕密公諸於世。如果他是我的朋友，還情有可原，因為真正朋友口蜜腹劍的無恥是眾所皆知。不過，我一輩子與他也只有在大路上的一面之緣，因此，對他也不可能懷有那種莫名的仇恨。這種仇恨平時隱藏於友誼的假面具之下，卻等待親愛朋友的死亡或是災難，然後用冰雹般的譴責、忠告、嘲笑與憐憫，撲天蓋地的給他當頭傾倒而下。

反覆閱讀這些札記，我深信此人的真誠，他毫不留情地揭露了自己的弱點與毛病。一個人心靈的歷史，哪怕是最卑微的心靈，它的趣味與益處不見得比不上整個民族的歷史，尤其它是一個成熟智慧對自我所作觀察而得出的結論，而且在寫作過程，作者並不奢望博取同情或故做驚人之語。盧梭㉕的《懺悔錄》㉖有一項缺點，就是他拿這部作品朗讀給朋友聽。

因此，純粹出於有益社會的願望，我出版了偶然到手的這部日記的片段。儘管我更動了所有人物的姓名，但日記中所提到的那些人，想必會認出自己來，或許，他們還能為這個已不在人世、至今卻仍受譴責的人的行為辯解。我們往往會原諒我們所了解的事情。

㉕ 盧梭（Jean-Jacques Rousseau, 1712-1778），瑞士裔法國思想家、哲學家與作家，對世界近代政治，社會與哲學思想有重大影響。他的重要著作有：《論科學與藝術》（1749）、《社會契約論》（1762）、《懺悔錄》（1782）等。

㉖《懺悔錄》是盧梭自傳體作品，書中對自己靈魂作真誠的剖析，有人認為本書固是盧梭自我的「懺悔」，也是自我的「辯解」。本書的寫作開始於1765年，完成於1770年，但只朗讀給朋友聽，直到盧梭過世後才正式出版，其中前六章出版於1782年，全書於1789年出版，被認為是十九世紀浪漫主義文學的先兆。

本書只收入畢巧林在高加索行蹤有關部份。我手裡還保留厚厚的一大本筆記，裡面他講述了自己一生經歷。總有一天它也要公諸於世，但現在基於很多重要理由，我還不敢承當這項責任。

也許，有些讀者想要知道我對畢巧林性格的看法？我的答覆便是本書的書名。他們會說：「這可是惡毒的諷刺啊！」——我無言以對。

塔曼

塔曼——俄羅斯濱海城市中一個最可惡的小城。我在那兒差點餓死，甚至，有人想把我淹死。我乘驛車來到這兒已是深夜。車夫把疲累不堪的三頭馬車停靠在小城入口處唯一的一座石頭屋子門前。站崗的黑海哥薩克兵一聽到鈴鐺聲，便用似醒未醒的粗野聲音喝道：「是誰？」走出了一個士兵和班長。我向他們說明我是軍官，有公務前往作戰部隊，並向他們要求一間職務宿舍。那班長領著我們跑遍全城。我們到過的木屋全都客滿。天氣很冷，我已三夜沒睡，精疲力竭，於是發起脾氣。「隨便帶我去哪裡都行，你這土匪！哪怕是鬼那兒，只要有個地方住！」我吼了起來。「還有一間房子，」班長回答，捎捎後腦勺，「只是長官您不會中意的，那兒不太乾淨！」我還沒弄懂那最後幾個字的真正意思，就吩咐他在前面帶路。我們在骯髒的小巷間繞了好半天，看到兩旁只有破落的籬笆，才來到緊靠海邊的一間小農舍。

滿月當空，照著我新住處的蘆葦屋頂和白色牆壁。在鵝卵石圍牆內的院子裡，另有一間歪歪斜斜的破舊小屋，比前一間更小、更舊。岸邊就是懸崖，幾乎從牆腳下直落入海。下面湛藍的海浪拍打著岸邊，不時傳來海濤聲。月亮靜靜地俯視著大海，大海是不安的，但面對月亮卻是馴服的。在月光下，我可以看清楚，離岸很遠的海面上，停舶著兩艘船，船上的黑色纜繩像蜘蛛網似的，一動也不動地刻畫在白茫茫的天際。「這港口裡有船呢，」我心裡想，「明天可啟程前往格連日克了。」

一個邊防哥薩克兵擔任我的勤務兵。我吩咐他卸下行李，把車夫打發走，便去呼叫房東——沒有人答應，我敲敲門——還是沒有人答應……怎麼回事？終於，從屋簷下慢吞吞地走出一個年約十四歲的男孩。

「房東呢？」「沒有。」「怎麼？房東一個人都沒有？」「都沒有。」「那麼女房東呢？」「下鄉去了。」「那誰給我開門？」我說著，用腳踢了一下門。門自個兒開了，從屋裡衝出一股潮味。我點亮一根火柴，舉到男孩鼻前，照見兩隻白色的眼睛。他是個瞎子，道道地地天生的瞎子。他站在我面前一動也不動，我開始端詳他臉龐的輪廓。

老實說，對於所有瞎眼的、獨眼的、聾的、啞的、缺腿的、少胳膊的、駝背的以及諸如此類的人，我都有強烈的偏見。我發現，人的外表和他的心靈之間總是有一種奇怪的聯繫，好像四肢或五官有缺陷，人的心靈就會喪失某種感覺。

於是，我開始打量這瞎子的臉。可是在一張沒有眼睛的臉上您叫我能看出什麼呢？……我望著他好一陣子，不禁感到憐憫。忽然，一絲難以察覺的微笑掠過他薄薄的嘴唇，不知何故，這微笑給我極度不快的印象。我腦中起疑，這瞎眼孩子或許不像外表看起來的那麼瞎。我努力地說服自己，白色的眼珠子是不能造假的，更何況，他所為何來？不過，還是沒有用。能怎麼辦？我很容易受偏見所左右……

「你是房東的孩子嗎？」我終於問他。「不是。」「那你是什麼人？」「是個孤兒，殘廢一個。」「那女房東有小孩嗎？」「沒有，有過一個女兒，跟一個韃靼人逃到海外去了。」「跟什麼樣的韃靼人？」「鬼才知道！一個克里米亞的韃靼人，刻赤㉗來的船夫。」

我走進農舍。兩張長凳、一張桌子和一只擺在火爐旁的大箱子，這就是屋裡所有的傢具。牆上一幅聖像也沒有——不祥的兆頭。海風從打破的玻璃窗灌進來。我從皮箱中拿出一個蠟燭頭，把它點亮，動手打理東西，把軍刀和步槍放到屋角，手槍擺到

㉗ 克里米亞城市，位於克里米亞半島東側的克赤半島上。

桌上，斗篷鋪在一條長凳上。那哥薩克兵也把自己的斗篷鋪在另一張長凳上，十分鐘過後，他就鼾聲響起。但我卻無法入睡。黑暗中那男孩以及那雙白色的眼珠不時浮現在我面前。

這樣過了大約一個小時。月亮照進窗戶，月光傾灑在屋裡的地面上。忽然間，橫切過地面有月光的地方閃過一個黑影。我欠起身，往窗外一看，有人再次跑過窗前，然後藏身到只有上帝知道的什麼地方。我簡直無法想像，這傢伙是從海岸斷崖跑了下去，但是他又沒有別的路可走。我起身披上外衣，把匕首佩在腰間，悄悄地走出農舍。那瞎眼孩子向我走來，我躲到籬笆旁，他踏著平平穩穩、卻又小心翼翼的腳步走過我身旁。他腋下挾著一個包袱，轉向碼頭，順著一條狹窄又陡峭的小徑往下走。「那一天，啞巴就說出話，瞎子開了眼」㉘我心想著，一邊跟在他後面，並保持一定距離，免得他從我視線消失。

這時，月亮被烏雲遮住，海面上升起霧氣。近處一隻船的尾燈在霧色中微微發亮。靠岸地方，碎浪的泡沫閃閃發亮，似乎隨時要將海岸吞噬。我很吃力地順著陡坡往下走，這時看見，那瞎眼孩子停了一下，然後轉往右方低處走去。他走著，離水面很近，似乎一個海浪馬上就可以把他攫住並捲走。不過，他從一塊岩石越過一塊岩石，避開坑坑窪窪，卻又腳步穩健，由此判斷，顯然他走這條路並不是第一回。最後，他停下腳步，彷彿側耳傾聽什麼，又就地坐下，把包袱擱在身旁。我藏身在海岸突起的一塊岩石後面，窺視著他的一舉一動。幾分鐘之後，對面出現一個白色人影，朝著瞎眼男孩走過來，並在他身旁坐下。風不時把他們的對話傳送到我耳裡。

「怎樣，瞎小子？」一個女子聲音說道，「風暴很大，楊柯恐怕不會來了。」

「楊柯不怕風暴，」瞎眼男孩回答。

「霧色越來越濃了，」女子聲音帶著憂慮的口吻反駁。

「霧色中反倒容易從巡邏艇之間穿越而過，」那孩子回答。

「萬一他溺水呢？」

「那又怎樣？就是沒人給妳買新緞帶，好讓妳星期天繫著上教堂。」

接著是一陣沉默。不過，一件事卻讓我吃驚，瞎眼男孩跟我說話用的是小俄羅斯

㉘ 出自聖經，但並非逐字逐句完全相同。類似內容見於：舊約聖經以賽亞書 35：6、新約聖經馬太福音 9：27 至 9：33。

方言，而現在他說的卻是道地的俄羅斯語。

「妳瞧，我說得對吧，」瞎眼男孩雙手一拍又說，「楊柯不怕海，不怕風，也不怕霧，不怕海岸巡邏兵。妳聽，這不是海水拍岸聲，你騙不了我——這是他長槳的划水聲。」

女人跳了起來，心神不安地往遠處眺望。

「你胡說，瞎小子，」她說，「我什麼都看不到。」

老實說，不論我如何竭盡目力往遠處觀瞧，都沒看出什麼像船的東西。這樣過了約莫十分鐘，在洶湧的浪頭之間出現了一個黑點，它忽而變大，忽而變小。一艘小船慢慢地攀升到浪濤峰頂，又迅速落下，漸漸朝岸邊靠近。那水手一定非常勇敢，膽敢在這種夜裡穿越二十俄里的海峽，而他敢冒然涉險，一定有重大理由！我想到這，看著那艘可憐的小船，心跳不由得加速。船兒一下子像鴨子似地，鑽進水裡，一下子又像振翅高飛的鳥兒，快速揮動雙槳，從浪花四濺的深淵中竄出。這時我以為，小船就要猛然一衝，撞向海岸，撞個粉身碎骨，不料，它卻靈巧地側身一轉，絲毫無損地駛進小海灣。船上走出一個人，中等身材，頭戴韃靼式羊皮帽。他揮揮手，於是他們三個人動手從船上搬出什麼東西。貨物是很大，因此我至今都還不明白，小船何以不沉沒。他們每人肩頭各扛著一個包袱，沿著岸邊走去，過不了一會即從我視線消失。也該回屋裡去了，不過，老實說，這些怪事讓我忐忑不安，我好不容易才挨到天亮。

我的哥薩克勤務兵醒來，看到我已穿戴整齊，十分驚奇，不過，我沒跟他說明原因。我從窗口欣賞了一會點綴著朵朵白雲的蔚藍天空，以及遙遠的克里米亞海岸，那海岸像一條淡紫色的長帶子延伸而去，盡頭是一處斷崖，斷崖頂端有白色燈塔閃閃發光。隨後我前往法納戈里亞要塞，到司令那兒打聽我出發往格連日克的時間。

但是，唉！司令沒能給我確切的答覆。停泊在港口的船隻不是巡邏艇，就是還沒裝貨的商船。「或許過三、四天，會有郵船來，」司令說，「到時——我們再看看。」我又鬱悶又氣憤地回去，我的哥薩克勤務兵神情驚慌地在門口迎接我。

「不好了，長官！」他對我說。

「是啊，兄弟，上帝知道我們什麼時候才能離開這兒！」這時他越發不安，向我彎下腰並低聲說道：

「這地方不乾淨！我今天遇到一位黑海士兵，他是我去年在部隊裡認識的。我一告訴他我們住宿的地方，他就對我說：『兄弟，這地方不乾淨，人也都不是善類！……』的確，那瞎小子到底是什麼來路？一個人到處跑，又是上市場、買麵包，又是打水……哼，看來本地人都習慣這一套。」

「什麼意思？女房東至少露過面了吧？」

「今天您不在時，老太婆跟她女兒來了。」

「什麼女兒？她沒女兒啊。」

「要不是她女兒，上帝才知道她是誰。喏，那老太婆現在就在自己屋裡呢。」

我走進那破舊小屋。爐子燒的很熱，上面煮著對窮人家來說相當奢侈的午餐。不論我問什麼，那老太婆一概答說，她耳朵聾，聽不到。我能拿她怎麼辦？我於是轉向那瞎眼男孩，這時他坐在爐前，正往火裡添加枯枝。「喂，瞎眼小鬼，」我扯著他的耳朵說，「你說，你夜裡扛著包袱上哪兒去啦，呃？」我這位瞎眼男孩忽然哭起來，又喊又叫：「我去哪兒？……哪兒都沒去……扛著包袱？什麼包袱？」老太婆這次倒聽見了，就嘀咕起來：「這是人家瞎說，還冤枉一個殘廢的！您要拿他怎麼樣？他又怎麼招惹您了？」這讓我厭煩，於是走出屋子，決心揭開這個謎底。

我裹緊斗篷，坐到籬笆旁的一塊石頭上，眺望遠方。眼前是一片汪洋大海，昨晚曾經歷波濤洶湧的風暴，現在它單調的海濤聲宛如城市沉沉入睡的夢囈，讓我想起往日的歲月，把我的思緒帶到北方，帶到我們寒冷的京城。回憶掀起了內心的波濤，我想得出神忘我……這樣過了約莫一個鐘頭，或許，還更多……突然間像唱歌的聲音驚動了我的聽覺。沒錯，是歌聲，女子的，很清亮的聲音，——可是從哪裡來的？……我側耳傾聽——曲調很奇特，一下子悠長而悲傷，一下子輕快而活潑。我環顧四周——不見一人。再次傾聽——聲音宛從天上飄來。我舉目觀瞧，見一年輕女子站立在我下榻農舍的屋頂上，她身穿條紋衣衫，一頭鬆散長髮，真是道地的美人魚。她一手遮住眼前的陽光，凝神眺望遠處，一下子笑著自言自語，一下子又唱起歌來。

我把她唱的歌詞逐字逐句地記錄下來：

萬頃碧波，
片片白帆，
自由自在任傲遊。

千帆過盡，
一葉扁舟，
雙槳如飛風帆鈌。

風暴乍起，
船帆展翅，
眾船驚散在海上。

低頭彎身求大海：
滔滔怒海，
莫擾扁舟，
珍品異寶在舟上，
暗夜破浪真英豪。

我不由得想起，昨晚夜裡我聽到的正是這聲音。我沉思半晌，再往屋頂看，那女孩已不見人影。忽然間，她從我身旁跑了過去，嘴裡哼著另一首歌曲，手指彈著聲響，奔入老太婆屋裡。隨後，她們就爭吵起來。老太婆發起脾氣，那女孩卻哈哈大笑。這時又瞧見，我這位水中精靈蹦蹦跳跳地跑了出來。經過我身旁時，她停了下來，直直地凝視著我的眼睛，似乎對我在這兒很感驚訝，接著，又若無其事地轉過身，悄悄地往碼頭走去。事情並沒就此結束。她整日在我住處附近轉來轉去，唱唱跳跳的一刻不停。真是怪物！她臉上並沒有瘋顛的神情，相反的，她汪汪的眼神具穿透力地盯著我，這雙眼睛好像有一種勾人心魄的魔力，彷彿時時刻刻都在等待人家的發問。但只要我一開口，她就狡黠地笑著跑開。

說真的，我從未看過這樣的女子。她談不上是美人，但是，對於美，我也是有我的偏見。她身上擁有很多純正血統的特徵……女人的血統如同馬兒的血統，事關重大，這是青年法蘭西㉙的發現。它，也就是血統，而不是青年法蘭西，多半可從走路的樣子，從一舉手、一投足之間看出端倪，而鼻子尤其重要。在俄羅斯一隻勻稱的鼻子比一雙纖纖的玉足還難得。我這位好歌唱的女孩看起來不到十八歲。她那非常柔軟的腰身，頭輕輕下垂時獨具一格的韻味，還有一頭淡褐色長髮、頸部與肩膀發出金黃光

㉙ 這裡的「青年法蘭西」，指的是十九世紀三十年代法國浪漫主義青年作家戈蒂耶、涅爾瓦等人自稱為「青年法蘭西」的文壇人士。本部小說完成於1840年，因此，文中所提到的「青年法蘭西」，與1936年法國音樂界梅湘、姚立偉、勒修爾等人組成的「青年法蘭西」毫不相干。

澤的古銅色皮膚，特別是那勻稱的鼻子——這一切都讓我著迷。儘管我看出，她那斜視的眼神有一種狂野和疑慮，儘管她那笑容讓人難以捉摸，然而偏見的力量就是如此銳不可擋：她那勻稱的鼻子讓我神魂顛倒。我彷彿覺得，我找到了歌德筆下的迷娘㉚，那位德國式幻想所創造出的妙人兒，——確實，她們兩人之間有很多相似之處：同樣迅速的從極度不安轉變到極度的寧靜，同樣謎一樣的語言、同樣的蹦蹦跳跳、同樣讓人費解的歌曲……

傍晚，我在門口攔住她，跟她作了以下談話：

「美人兒，告訴我，」我問道，「妳今天在屋頂幹什麼來著？」「那是在瞧瞧，風打從哪兒來。」「瞧這幹什麼？」「風從哪裡來，幸福就從哪裡來。」「什麼？難道你就憑唱歌就能招來幸福？」「哪兒唱歌，哪兒就有幸福。」「弄不好妳招來的是悲傷，又當如何？」「那又能怎麼辦？是福不是禍，是禍躲不過，何況福禍之間又相去不遠。」「是誰教妳唱這首歌的？」「沒什麼人教我。我想到什麼，就唱了。誰該聽，誰就會聽到；誰不該聽，就是聽了也聽不懂。」「妳叫什麼來著，我的歌手？」「誰幫我受洗，誰就知道。」「那是誰幫妳受洗？」「這我怎麼知道？」「嘴巴倒是緊得很！嘿，不過我可知道妳一些底細。」（她面不改色，嘴唇都沒動一下，一副事不干己的樣子）

「我知道，妳昨天夜裡到過海邊。」於是，我得意洋洋地把看到的一切對她說，本以為會讓她大驚失色——卻是一點也不！她哈哈大笑，說道：「您看到很多，卻知道很少，至於您知道什麼，可不要告訴別人。」「那要是，比方說，我心血來潮去向司令告發呢？」這時我做出一副鄭重其事、甚至是嚴厲的表情。她突然間跳起，並唱起歌來，像一隻受驚而飛出灌木林的小鳥，一溜煙地隱身而去。我最後幾句話說得並不得體，當時也沒料到這話的嚴重性，事後可就後悔莫及了。

暮色才剛降臨，我就吩咐哥薩克勤務兵按行軍習慣燒熱茶壺，我點亮蠟燭，坐在桌旁，抽起旅行用的菸斗。我正要喝完第二杯茶時，門忽然吱的一聲，身後傳來衣衫與腳步輕微的簌簌聲。我震顫一下，轉過身來，——原來是她，我的水精！她靜靜地在我對面坐了下來，默然不語，兩眼凝視著我。不知為何，這眼神讓我覺得奇異的溫柔，也讓我想起往日歲月中曾經恣意擺佈過我生命的眼神。她似乎在等待我發問，但我默不作聲，內心卻莫名地侷促不安。她臉上浮現一層黯淡的蒼白，洩漏她內心的激

㉚ 迷娘是德國作家歌德（Johann Wolfgang von Goethe, 1749-1832）所著小說《威廉・麥斯特的學習年代》（1795-1796）中的女主角。

動。她的一隻手毫無目的地在桌上撫摸，我發現她的手在微微顫抖。她的胸部一下子高高聳起，一下子又像在屏住呼吸。這齣喜劇開始讓我感到不耐煩，我正準備用最俗氣的方式結束這種沉默，也就是請她喝杯茶，突然她跳起來，雙手摟住我，於是，溼潤、火熱的吻帶著聲音就印在我唇上。我兩眼發黑，頭腦暈眩，我燃燒著青春的激情，緊緊把她擁在懷裡，但她卻像蛇似的從我兩臂之間滑脫，只在我耳邊細聲地說：「今晚等大家都睡著，到海邊來！」然後像箭似地跳出屋外。在門廊她踢翻了茶壺和地上的蠟燭。「喂，你這鬼丫頭！」哥薩克勤務兵嚷道，他已坐到乾草上，正想要喝剩下的茶暖暖身。這時我才回過神來。

約莫過了兩個小時，碼頭上一切都沉寂下來，我喚醒我的哥薩克兵。「要是我開槍，」我對他說，「就跑到海邊來。」他瞪著雙眼，機械式地答道：「是，長官。」我把手槍插在腰間，出門去了。她在斜坡邊上等著我，她的穿著更加輕薄，柔軟的腰間繫著一條不太大的圍巾。

「跟我來！」她握住我的手說，我們便往下坡走。我搞不懂，我怎麼沒把脖子摔斷。在坡下我們往右轉，然後沿著我昨晚跟蹤瞎眼孩子的路徑走去。月亮還未升起，只有兩顆小星星，彷彿救命燈塔上的兩點燈光，在深藍色的穹蒼中閃閃爍爍。沉重的海浪均勻而有節奏地滾滾而來，一波接一波，微微舉起孤伶伶地繫在岸邊的小舟。「我們上船，」我的這位女伴說道。我遲疑一下——我並不喜歡在海上做感傷之旅，但後退也不是時候。她縱身上船，我也跟在後面，還沒來得及弄清楚怎麼一回事，就發現我們已漂浮在海上。「這是什麼意思？」我說話聲帶著怒意。「這是說，」她回答，把我按在板凳上，雙手摟住我的腰，「這是說，我愛你……」她的臉頰貼著我的臉頰，我的臉感覺到她那火熱的氣息。忽然，什麼東西撲通一聲掉落水裡，我一摸腰間——手槍不在了。嘿，這下子我心裡強烈起疑，血液往腦袋直衝！我回頭一看——我們離岸邊約莫有五十俄丈，而我又不會游泳！我想把她推開——可是她卻像貓兒似的緊緊抓住我的衣服不放，突然又猛力一推，差點把我推下海。小船搖晃起來，我連忙穩住身子，於是兩人展開一場惡鬥，憤怒之下我力氣很大，可是我很快發現，我不如對手靈活。「妳這是幹什麼？」我使勁抓住她的小手喊道。她的手指被我抓的咯咯作響，但卻不吭一聲，她蛇一樣的性格讓她忍住了這劇痛。

「都讓你看到了，」她回答，「你會去告密！」她用一股異乎尋常的力道一把將我摔倒在船舷。我們兩個都半身掛到船外，她的頭髮觸及水面，這可是生死關頭。我一隻膝蓋抵住船底，一隻手抓住她的辮子，另隻手掐住她的咽喉，她鬆開我的衣服，我一下子就把她拋到波浪裡。

天色相當黑暗，她的頭在水花中閃動一兩次，我就什麼都看不到了……

我在船底找到半截舊槳，費了好半天的勁，總算靠了碼頭。沿著海邊往我的屋子走去，我不由得朝昨晚那瞎眼孩子等候夜航人的方向張望。月亮滑動在空中，我似乎看到一個穿白衣服的人坐在岸邊。在好奇心驅使之下，我躡手躡腳地走了過去，伏身在海邊懸崖之上的草叢中，微微探出頭，便可從峭壁上看清楚下面發生的一切。當我認出那是我的美人魚時，我並不太感驚訝，反倒是欣慰。她正擰去長髮中的海水，溼透的短衫勾勒出她那柔軟的腰身與高聳的胸部。沒多久，在遠處出現一隻小船，迅速靠近岸邊。跟昨晚一樣，從船上走出一個人，戴頂韃靼帽，頭髮卻剃得像哥薩克人，在他皮腰帶上突出一把大刀。「楊柯，一切全完了！」她說。接著他們繼續說話，但說得太小聲，我什麼都聽不清楚。「瞎小子在哪兒？」最後楊柯揚起聲音說道。「我差他辦事去了。」她回答。幾分鐘過後，瞎眼孩子出現了，背上背個袋子，於是他們把袋子放到船上。

「聽著，瞎小子！」楊柯說著，「你好好照顧那地方……知道嗎？那兒的東西都挺值錢的……你告訴……（名字我沒聽清楚），說咱家再也不能聽他差遣了，情勢不妙，他甭想再見到咱家了。現在很危險，咱家到別處另謀差事，像咱家這麼膽大包天的人他再也找不到啦。再告訴他，要是他原來酬勞給得大方些，楊柯是不會離他而去，咱家處處有生路的，只要是有風、有海的地方！」沉默半晌，他接著說：「她跟咱家走啦，她不能待在這兒。另外，你告訴老太婆，就說她大限也到了，活夠了，該知足啦。她再也見不到咱們啦。」

「那我呢？」瞎眼男孩說道，聲音悽楚。

「要你做啥？」這是回答。

這當兒，我這位水中精靈跳上小船，向同伴招招手。他往瞎子手裡塞些什麼，又說了一句：「喏，拿去買蜜糖餅乾吃吧！」「就這樣子？」瞎眼孩子說。「哪，再拿去，」銅板噹地一聲掉下，打在石頭上。瞎眼孩子並沒去撿。楊柯坐上小船，風從岸邊吹來，他們揚起小帆，飛快地離去。在月光下，白帆久久地閃爍在蒼茫的浪濤之間。瞎眼男孩依然坐在岸邊，我聽到像似哭泣的聲音，的確，瞎眼男孩在哭泣，哭得很久、很久……我心頭一陣難過。為何命運之神把我投入這群「老實的走私販子」的寧靜生活之中？我就像一塊石頭，被拋進平靜無波的水裡，攪亂他們生活的平靜，也像石頭一樣，險些沉落水底。

我回到住處。門廊裡，木碟上的蠟燭即將油乾燈滅，不時劈啪作響。我的哥薩克勤務兵並未遵守我的指示，只顧呼呼大睡，雙手還抱著槍桿子。我沒把他叫醒，拿著蠟燭，走進屋裡。天啊！我的錦盒、鑲銀軍刀、達格斯坦匕首，那些朋友餽贈的禮物，全都不見蹤影。這下我才恍然大悟那該死的瞎子拖的是什麼東西。我毫不客氣地推醒哥薩克兵，劈頭一頓痛罵，我雖大怒，但也莫可奈何！要是向上級投訴，說一個瞎眼孩子把我偷得精光，一個十八歲姑娘險些讓我葬身海底，這豈不是讓人笑話？

感謝上帝，一大早就可以動身，於是我離開了塔曼。那老太婆和那可憐的瞎眼男孩後來怎樣，我不得而知。再說，人家是福是禍，與我何干？我只是個四海漂泊的軍官，更何況，我隨身攜帶驛車使用證，有公務在身呢！……

梅麗公爵小姐

五月十一日

昨日我來到了五峰城，租了一間公寓，就在市郊的最高處，也就是瑪蘇克山麓，因此每逢雷雨時刻，烏雲總是直壓屋頂。今日上午五時，我推開窗戶，屋裡霎時花香四溢，只見庭院小花圃花朵處處。櫻樹花兒盛開，樹枝直窺我的窗口。微風拂來，不時把白色花瓣撒滿我的書桌。從屋裡一眼望去，三面都是景色絕佳。西面，五峰並立的貝什圖山青色蒼蒼，就像「暴風雨後的殘雲」❸❶；北面，瑪蘇克山高聳入雲，像似毛茸茸的波斯皮帽，遮蔽那邊整個天際；東面，景色更讓人心曠神怡：眼前下方是色

❸❶ 引用自普希金的詩〈烏雲〉。

彩斑斕、清靜嶄新的小城，潺潺流著深具療效的礦泉，熙來攘往的人群操著各方語言，——還有那裡，更遠處，群峰像似半圓劇場，重重疊疊，更是青色蒼蒼、霧色茫茫，而在天邊盡頭，雪山蜿蜒如銀鏈，起於卡茲貝克峰，終至雙峰對峙的厄爾布魯士山……落腳此處真乃一大樂事！全身血管舒暢無比。空氣清新，有如嬰兒的親吻；陽光亮麗，天空蔚藍——人生似乎是，夫復何求？在這兒，激情、慾望與遺憾，何苦來哉？……不過，時間到了。我要去伊麗莎白溫泉，據說，來此洗礦泉的人士早晨都會在那裡會合。

＊

我順著林蔭道朝城中心往下走去，一路上看到幾批悶悶不樂的人群緩緩地往山上走來。他們多半是草原上的地主人家，這從丈夫們破舊的老式禮服與太太女兒們考究的服飾，一眼就可猜出。不用說，所有來此溫泉鄉一遊的年輕人都列入他們的考核名單，因此他們也是眼帶親切與好奇地打量我。彼得堡式樣的禮服一度讓他們產生錯覺，但很快就瞧出我佩戴普通軍人的肩章，他們即忿忿地轉過臉去㉜。

地方權貴的太太們，也就是這個溫泉鄉的女主人們，較為和藹可親。她們常隨身攜帶長柄眼鏡，對軍服也較不在意。她們已待慣了高加索，往往在刻有軍隊番號的鈕扣下找到火熱的心，在白色軍帽下發現有教養的頭腦。這些太太很可愛，而且一直都很可愛！她們的愛慕者是逐年更新，或許這也正是她們常保親切可愛的祕密所在。我循著狹窄小徑走上伊麗莎白溫泉，趕過了一批男子，有平民、有軍人，後來我才知道，他們在別有所求的溫泉客中形成一特殊階層。他們喝酒，不喝礦泉水，他們很少散步，他們追求女人也是逢場作戲。他們賭錢，卻又抱怨人生無趣。他們都是一些公子哥兒，他們把柳條筐的杯子放進硫礦溫泉的井裡時，都會擺出一副很有學問的姿態。其中，平民都戴著淡藍色領帶，軍人則從衣領露出褶邊。他們非常瞧不起外省人家，並長吁短嘆，盼望踏進京城達官貴人的門庭大廳，卻又不得其門而入。

終於，這就是礦泉水井……井邊小廣場上建有一間小屋，浴室上有紅色屋頂；稍遠處有一條迴廊，下雨天時，大家都在這裡散步。幾個有傷在身的軍官收起了拐杖，坐在長凳上，面色蒼白，神情抑鬱。幾位女士在小廣場上快步來回走動，期待礦泉水

㉜ 畢巧林佩戴普通軍官的肩章，表示他不是禁衛軍軍官，因此讓草原地主人家感到失望。

發揮效用。其中有兩三張漂亮的臉蛋。在瑪蘇克山斜坡的葡萄藤幽徑上，不時閃現喜歡雙雙對對躲開人群的花俏女帽，而在女帽旁我總能瞧見一頂軍帽或醜醜的圓帽。在陡峭的山坡上建有一涼亭，名為「風神琴」[33]，站立著喜愛欣賞風景的人，用望遠鏡觀賞厄爾布魯士山；其中，有兩個帶著學生來治療結核病的家庭教師。

我氣喘吁吁地在山邊停下腳步，靠著一間小房子的屋角，開始欣賞四周美麗如畫的風景，忽然間聽到熟悉的聲音從身後傳來：

「畢巧林！來這兒很久了嗎？」

我轉身一看，原來是格魯希尼茨基！我們擁抱一下。我認識他是在作戰部隊。他的腿部中彈受傷，約莫早我一周來到這溫泉鄉。

格魯希尼茨基是個士官生。他服役只有一年，卻神氣活現地穿著厚重的士兵大衣，佩戴士兵聖喬治十字勳章。他身材很好，皮膚黝黑，黑色頭髮，看去有二十五歲的樣子，其實不到二十一歲。他說話時，總是把頭往後仰，左手不時捻捻小鬍子，因為右手拄著拐杖。他說起話來又快速又花俏。他是這種人，不論什麼場合，都隨時備妥一套動人的言辭，而且光是美麗的事物難以讓他們動心，他們還會裝腔作勢，一副情操非凡，志向崇高，卻又飽經患難的樣子。製造效果——對他們是莫大的樂趣。他們讓那些浪漫情懷的鄉下姑娘喜歡得如痴如狂。老之將至時，他們不是成為老老實實的地主，不然就是酒鬼——有時二者皆是。他們內心有很多善良的特質，卻無一丁點的詩意。格魯希尼茨基的嗜好就是高談闊論。只要話題一超出日常生活的範圍，他就滔滔不絕，說得沒完沒了。我從來都沒法與他爭論。他既不答覆你的反駁，也不聽你說話。可是你才一住口，他又開始長篇大論，乍聽之下與你的談話似乎有關，但其實是延續自己的話題。

他說話相當機靈。他的俏皮話很風趣，卻從不夠精準，也不夠辛辣，他的話無法讓人一刀斃命。他不懂得別人，不了解別人的弱點，因為他一輩子只關懷自己。他人生的目標就是使自己成為小說中的主角。他努力讓人相信，他是超凡脫俗的人物，注定遭受神祕的苦難，而他自己也幾乎信以為真。因此之故，他穿著厚重的士兵大衣，一副自命不凡的樣子。我看透了他，也因此他不喜歡我，儘管我們表面上還是維持友好關係。格魯希尼茨基被視為勇敢過人。我在實際的戰鬥中看過他：揮舞軍刀，大聲

33 風神琴是古希臘神話中風神愛奧爾的琴，而現在它也用來指稱一種利用風力而發聲的弦樂器——「風奏琴」或「風吹琴」。

吆喝，瞇著眼睛往前直衝。這不太像是俄羅斯式的勇敢吧！……

我也不喜歡他。我覺得，我跟他總有一天會狹路相逢，我們當中有一個會倒大楣。他會來到高加索，也是他那浪漫主義式狂熱的結果。我相信，他在離開家鄉的前夕，一定是一副憂傷的神情，對一位漂亮的鄰家女孩說道，他這趟出門並不是那麼簡單去當差，而是捨身就義，至於原因麼……這時他準會用手摀住眼睛繼續說道：「不，您（或者妳）不該知道這些事！您那純潔的靈魂會顫抖的！而且這又何必呢？對您來說，我又算什麼？您懂得我嗎？……」就是諸如此類的話。

他曾親口對我說，他何以加入K軍團，這是他和老天之間永恆的祕密。

不過，當格魯希尼茨基卸去那悲劇罩袍時，他其實相當可愛、滑稽。每次見到他跟女人在一起時，我總覺有趣，因為我想，這時候，他一定特別賣力演出！

我們是老友相逢。我向他打聽這溫泉鄉的生活，以及有哪些出色人物。

「我們這裡的日子相當平淡乏味，」他嘆息說道，「那些早晨喝礦泉水的人——委靡不振，就像所有病人一樣；而那些晚上喝酒的人——又讓人討厭，就像所有健康的人一樣。太太小姐是有的，可是她們又沒多大意思。她們打打惠斯特牌㉞，打扮難看，法國話說得又蹩腳。今年從莫斯科來的，只有一位李戈夫斯卡雅公爵夫人和她的女兒，不過我不認識她們。我身上的士兵大衣就像是被拒絕往來的戳記，它喚來的同情就像施捨一樣，讓人難受。」

這當兒，兩位女士從我們身旁經過，朝井邊走去。一位上了年紀，另一位卻年輕苗條。他們的臉龐被帽子遮住，我沒瞧清楚，不過，她們一身的打扮極富品味，樣樣都恰到好處。年輕的那位身穿 gris de perles ㉟高領連身裙，一條輕飄飄的絲巾圍繞在她那柔嫩的脖子。一雙 couleur puce ㊱皮鞋緊束纖纖小腳直至足踝，樣子玲瓏可愛，就算是對美的奧祕一無所感的人，也會驚嘆不已。她那輕盈、高雅的步履流露出的少女韻味，雖然難以言喻，但看過的都會理解。當她從我們身邊走過，她身上散發著一股說不出的幽香，這種香味偶爾在迷人女子捎來的便函中可以聞到。

「這就是李戈夫斯卡雅公爵夫人，」格魯希尼茨基說道，「同她一起的是她的女兒梅麗，公爵夫人就按照英國人方式這樣稱呼她。他們到這兒才三天。」

㉞ 一種四人成局的紙牌遊戲。
㉟ 法文，表示「灰珍珠色」。
㊱ 法文，字面上為「跳蚤色」，也就是「棕褐色」。

「可是，你卻已經知道她的名字了？」

「是啊，我是偶然聽到的，」他漲紅臉回答，「說實在的，我可不願跟他們認識。他們這些貴族自視很高，根本把我們軍人看成野蠻人。編有番號的軍帽下有一個聰明的頭腦，厚重軍大衣下有顆火熱的心，他們豈會在乎？」

「好可憐的軍大衣！」我說道，嘲弄地笑著，「還有，那個走上前去、那麼殷勤地給她們遞上杯子的是誰？」

「喔！這是莫斯科花花公子拉耶維奇！他是個賭棍，這從他那掛在天藍色背心上的粗大金鏈子就可一眼看出。至於那根手杖那麼粗，簡直像魯賓遜[37]用的一樣！還有那把鬍子、那髮型，真是 à la moujik[38]！」

「你對全天下人都是滿腔怨恨嘛。」

「這是有原因的……」

「哦！真的？」

這時，那兩位女士離開礦泉水井，趕上了我們。格魯希尼茨基連忙拄著拐杖，擺出戲劇化的姿態，用法語大聲回答我：

——Mon cher, je haïs les hommes pour ne pas les mépriser, car autrement la vie serait une farce trop dégoûtante. ㊴

漂亮的公爵小姐轉過身來，好奇地對這位演說家望了好一陣子。這眼神是什麼意思，還真不好說，但不會是嘲弄，為此我要向格魯希尼茨基由衷表達慶賀之意。

「這位梅麗公爵小姐真是美極了，」我對他說，「她有一雙天鵝絨般的眼睛——的確，跟天鵝絨一樣，我建議你，在談到她的眼睛時，不妨把這個形容詞剽竊一用。她的上下睫毛長長的，連陽光都照不到雙眼的瞳仁。我喜歡這雙眼睛，它們不會閃閃發亮，卻是十分柔媚，好像會給你輕柔的撫摸……其實，她的臉看起來無處不美……怎樣，她的牙齒白不白？這可是很重要！真遺憾，她聽了你華麗的台詞竟沒對你露齒一笑？」

「你談起漂亮的女人，好像在談英國馬似的，」格魯希尼茨基語帶怒氣。

㊲ 英國小說家狄弗（Daniel Defoe, 1660-1731）的小說《魯賓遜漂流記》中的主角。

㊳ 法文，表示「像農民一樣」，也就是「土裡土氣」之意。

㊴ 法文，表示：「老兄，我憎恨人們，為的是不要輕蔑他們，要不然，生活就會是一齣讓人生厭的鬧劇」。

我回答他，竭力地模仿著他的腔調：

——Mon cher, je méprise les femmes pour ne pas les aimer car autrement la vie serait un mélodrame trop ridicule. ㊵

我轉過身，撇下他揚長而去。約莫半個鐘頭的時間，我順著石灰岩斜坡，穿梭於灌木叢之間，散步在葡萄藤間的小徑。天氣漸漸熱起來，我趕緊回家。走過硫礦泉，我在迴廊屋簷下停住腳步，好在陰涼處喘口氣，而這也讓我有緣見證了相當有趣的一幕戲。戲中人物所處場景如下：公爵夫人跟那位莫斯科花花公子坐在迴廊下的長凳上，兩人似乎忙著討論嚴肅的話題；公爵小姐想必喝完最後一杯礦泉水，若有所思地在井邊來回走動；格魯希尼茨基立於井邊；小廣場上再無他人。

我再走近些，藏身於迴廊角落。這當兒，格魯希尼茨基失手把杯子掉落在沙地，他拼命彎身想撿起杯子，可是腿上有傷，妨礙他的動作。可憐的傢伙！他拄著拐杖，不管如何想盡辦法，都是白費力氣。他那富於表情的臉上確實也露出痛苦的神色。

這一切梅麗公爵小姐看得比我清楚。

她比小鳥還輕盈，一溜煙就跑了過去，彎腰拾起杯子，再遞給了格魯希尼茨基，她儀態之優美非筆墨所能形容。接著，她兩頰飛紅，往迴廊四處張望，確認她媽媽什麼都沒看到，似乎這下子才放心。格魯希尼茨基才要開口答謝，她卻已走遠。沒一會兒，她跟著媽媽和那花花公子走出迴廊，但走經格魯希尼茨基時，她卻做出一本正經的樣子——連頭都沒回，也沒留意一下，格魯希尼茨基那熱情如火的眼神正目送著她，直到她走下山丘，消失在林蔭道的菩提樹後面……不過，穿越街道時，她的帽子還一閃而過。她跑進五峰城一所豪華宅邸的大門，公爵夫人走在後面，然後在大門口向拉耶維奇點頭道別。

直到這時，這位又可憐又多情的士官生才發覺我也在場。

「你瞧見了？」他說道，緊緊地捉住了我的手，「她簡直是天使下凡！」

「怎麼說呢？」我問道，一副天真爛漫的樣子。

「難道你沒瞧見？」

「不，瞧見了，她給你撿起杯子。要是剛才是門房的話，他也會做同樣的事，甚至還更快，好讓你賞個酒錢。再說，這是清楚不過了，她是對你動了惻隱之心啦，因

❹⓪ 法文，表示：「老兄，我輕蔑女人，為的是不要愛上她們，要不然，生活就會是一齣荒謬的通俗劇」。

為你拖著那條被子彈貫穿的腿，做出一副痛苦萬分的嘴臉……」

「那一刻她臉上閃耀著心靈的光輝，你瞧見了，你一點都不動心嗎？……」

「不會。」

我在說謊，不過我是存心逗他生氣。我天生就喜歡唱反調，我這輩子不是與心靈唱反調，就是與理性作對，沒完沒了，結果卻是可悲，一無所獲。面對一個熱情如火的人，會讓我冷若冰霜，而且，我想，要是和意志消沉的人常相往來，倒會把我變成一個滿腔熱血的夢想家吧。我還得承認，有一種不愉快、卻又很熟悉的感覺，霎那間輕輕地浮掠過我的心頭，這個感覺就是忌妒，我把「忌妒」勇於說出口，因為我慣於向自己坦白一切。一個年輕人（自然是出身貴族、心高氣傲的年輕人）才剛遇到一位能打動他那空虛心靈的漂亮女子，又突然親眼目睹那女子欣賞的卻另有其人，一個同樣也是與她素昧平生的人，我想，要找一個不會因此大感震驚與不快的年輕人，恐怕是很難吧。

我跟格魯希尼茨基走下山，一路無話，在林蔭大道上走過我們那位美女所隱身的那座宅邸的窗口。這時她坐在窗口。格魯希尼茨基拉了一下我的手，對她投以一個曖昧卻溫柔的眼神，其實這種眼神很少能對女性發揮作用。我拿起帶柄眼鏡對準她望去，

家有時不會醫治寒熱症一樣！魏爾納常偷偷嘲笑自己的病人，但有一回我卻瞧見，他為一位垂死的兵士流淚……他很窮，也夢想發大財，但又不願為了金錢有多一些作為。他有一次對我說過，寧願施恩於敵人，也不要施恩於朋友，因為施恩於朋友表示出賣自己的善心，若施恩予敵人，則敵人忌恨之心將與我們的寬大為懷等量齊觀，同步成長。他說話尖酸刻薄，常裝成一副嘻笑怒罵，卻把老好人，還不止一個，都說成是俗不可耐的笨蛋。他的競爭對手，溫泉鄉那些忌妒成性的醫生，四處散發謠言，好像說他用漫畫諷刺自己的病人，他的病人氣瘋了，幾乎每個都拒絕上門。他的朋友，也就是那些在高加索服務的真正的正派人士，全力幫他挽回敗壞的聲譽，也都於事無補。

有些人外貌乍看讓人不愉快，可是，一旦我們的眼睛學會從五官不正的輪廓下窺探出飽經滄桑的崇高心靈，我們就會喜歡上他們，魏爾納就是這樣的人。過去不乏這樣的例子，女人會如痴如狂地愛上這樣的人物，且不願拿他們的醜陋去換取青春永駐、雙頰透紅的恩底彌翁㊷式的俊美。應該為女性說句公道話，他們擁有欣賞心靈之美的本能，或許也因此像魏爾納這樣的人如此熱烈地喜愛女性。

魏爾納身材矮小瘦弱，像個孩子。他的一條腿比另一條短，像似拜倫；跟身軀比較起來，他的腦袋顯得很大。他短髮剪得很短，因此頭蓋骨顯得凹凸不平，各種傾斜角度奇怪地縱橫交錯，準會讓那專門看顱相的相士大吃一驚。他小小的黑眼睛總是顯得驚慌不安，極力想看透你的心思。他的穿著整潔雅緻，那削瘦、青筋暴露的小手戴著淡黃色手套，特別顯眼。他的禮服、領帶、背心永遠是黑色的。年輕人都把他叫做梅菲斯特㊸，他對這綽號表現出一副似乎生氣的樣子，其實這個綽號卻很滿足他的虛榮心。我跟他很快就互相了解，並且熟識，但我本來就不擅於交友。兩個朋友之間總有一個會是另一個的奴隸，儘管兩人對此都不會承認。我是不會當奴隸的，但這種情況去發號施令，卻也是很累人的事，因為同時還得哄騙對方，更何況我有的是僕人和金錢！我們是這樣結識的：我跟魏爾納相遇是在S這個地方，在一個人數眾多、鬧哄哄的年輕人的圈子中；這時晚會已近尾聲，話題轉到玄學，大家論及信仰，各人都有不同的想法。

㊷ 恩底彌翁（Endymion）是希臘神話中拉特摩斯山的牧羊人，外表俊美無比，連月亮女神塞勒涅都為之傾倒。後來，恩底彌翁被眾神賜予青春永駐，代價卻是長眠於拉特摩斯山的山洞中。

㊸ 歌德長詩《浮士德》中的魔鬼。

「至於我嘛，我只相信一件事情……」醫生說道。

「什麼事？」我問道，我很想知道這個人的意見，截至目前為止他都是不發一語。

「我相信，」他回答，「早晚我會在一個美麗的早晨死去。」

「那我比您強，」我說道，「除此之外，我還相信，我不幸在一個最倒楣的夜晚誕生。」

大家都認為我們是在瞎扯，其實，他們當中沒有一個說出比這更有智慧的話。打從這時起，我們在眾人之間互相欣賞。我們兩人常常聚在一起，一本正經地討論抽象的話題，直到兩人都發現彼此在愚弄對方。那時，我們就像西塞羅㊹所說的古羅馬占卜官一樣，只要意味深長地互相對望一眼，就哈哈大笑起來，笑得痛快之後，對這樣的一個夜晚心滿意足，便分手離去。

當魏爾納走進我的房間時，我正躺在沙發上，雙眼直盯天花板，兩手枕在後腦勺。他往扶手椅一坐，把拐杖放在牆角，打了一聲呵欠說道，外邊天氣很熱。我答道，蒼蠅把我騷擾得不得安寧，——於是我們雙雙不發一語。

「請您注意，親愛的醫師，」我說，「要是沒有笨蛋，這世界會很無趣……您瞧，就拿我們這兩個聰明人來說吧，我們總是事先知道，什麼事都可以辯論個沒完沒了，索性我們就不爭辯了。我們幾乎知道彼此所有內心的想法，一句話在我們聽來就是一個完整的故事，我們可以穿透三層外殼看到我們各種感情的核心。可悲的事我們覺得可笑，可笑的事我們覺得可悲。總之，老實說，我們對所有一切都很冷漠，除了對自己以外。因此，我們之間不可能有感情與思想的交流，我們都洞悉彼此想要知道的一切，除此之外，我們什麼都不想知道。剩下唯一的辦法，那就是談談新聞。您給我說說什麼新聞吧！」

說了長篇大論後，我疲倦了，就闔上雙眼，打了聲呵欠……

他想了一下，答道：

「您胡言亂語了老半天，其中我倒聽出一個念頭。」

「有兩個！」我答道。

「您給我說說一個，我給您說另一個！」

「行，您開頭吧！」我答道，繼續瞧著天花板，暗自好笑。

「您想知道一個來到溫泉鄉的人的底細，而我也猜出您關心的人是誰，因為那邊

㊹ 西塞羅（Marcus Tullius Cicero, 106 BC-43 BC），古羅馬時代的政治家暨哲學家。

已經有人在打聽您呢。」

「大夫！我們根本不用說話，我們把彼此的心思都摸透了。」

「現在說另一個……」

「另一個念頭就是，我要您告訴我一些事情。原因是，其一，聽人說話不會那麼累人；其二，不會失言；其三，可以打聽別人的祕密；其四，聰明如您，喜歡的是聽話人，而不是說話人。現在言歸正傳，李戈夫斯卡雅公爵夫人對您說我什麼來著？」

「您那麼確定那是公爵夫人……不是公爵小姐？」

「完全確定。」

「為什麼？」

「因為公爵小姐問起的是格魯希尼茨基。」

「您的判斷能力很強。公爵夫人說，她肯定，這位穿士兵大衣的年輕人是因決鬥而被降級為士兵的……」

「我希望，您讓她保留這種愉快的錯覺吧……」

「那自然。」

「這下子好戲登場了！」我興高采烈地大叫，「這場喜劇如何收場，我們可有熱鬧瞧了。顯然是命運眷顧，不讓我生活無聊。」

「我有預感，」醫生說道，「可憐的格魯希尼茨基將會是您的犧牲品……」

「再說下去，大夫……」

「公爵夫人說，您的臉她很熟。我告訴她，準是她在彼得堡哪個社交場合中碰過您……我說了您的名字……她是聽過的。想必，您過去在那兒鬧得滿城風雨的……公爵夫人說起您的妙事奇聞，除了社交圈那些蜚言流長外，她也添加了自己的評論……她女兒滿心好奇地聽著。在她的想像中您成為新時尚小說的英雄啦……我沒反駁公爵夫人，儘管我知道她在胡扯。」

「夠朋友！」我說道，把手伸向他。醫生充滿感情地握握我的手，繼續說道：

「如果您要的話，我幫您介紹……」

「得了吧！」我兩手一拍說道，「要人家介紹算哪門子英雄？英雄準是在千鈞一髮中拯救佳人，而結識心上人的……」

「您當真要去追求公爵小姐嗎？……」

「相反，完全相反！……大夫，我終於可以得意一下，因為您對我還不夠了解！……其實，大夫，這事讓我難受，」我沉默半晌，繼續說道，「我從來不公開自己的祕密，卻頂喜歡讓人家去猜測，因為這樣，我隨時可以在必要時抵死不認。不過，您該把這母女倆人描述給我聽聽。她們是怎樣的人？」

「首先，公爵夫人是四十五歲的年紀，」魏爾納回答，「她的胃腸很好，血液卻被搞壞了，兩頰有紅色斑點。她後半輩子是在莫斯科渡過的，安逸的日子讓她發福了。她喜歡淫穢的笑話，有時女兒不在屋子裡，她自己也會說些不雅的東西。她對我宣稱，她女兒像鴿子一樣純潔。這干我何事？……我真想回她說，她儘管放心，這事我對誰都不會講的！公爵夫人是來治療風溼病，至於女兒嘛，上帝才知道要治療什麼。我吩咐她們每天都要喝兩杯的礦泉水，並且每週要做兩次的鹽水泥浴。公爵夫人看來不慣於指揮東指揮西的，她對女兒的智慧與知識是深懷敬意，因為女兒能用英文閱讀拜倫，又懂得代數。顯然，莫斯科的貴族小姐都在做學問，而且，說真的，做得還很好呢！至於我們的男性同胞嘛，一般就不那麼可愛了。要跟他們打情罵俏，對那些聰明的女性，想必很難忍受。公爵夫人很喜歡年輕人，公爵小姐卻有點瞧不起他們，這是莫斯科的習氣！她們在莫斯科交往的都是好耍嘴皮子的四十歲男人。」

「您在莫斯科待過嗎，大夫？」

「是啊，我曾在那兒行醫好一陣子。」

「請繼續說吧。」

「呵，我好像所有的都說完了……對了！這還有：公爵小姐似乎很喜歡談論兒女情長之類的事情……她曾在彼得堡待過一個冬天，她不喜歡那兒，特別是社交圈，她準是在那兒被冷落了。」

「您今天在她們那兒沒見到什麼人嗎？」

「正正相反。見到了一位副官、一位拘謹的禁衛軍，還有一位新來乍到的太太，是公爵夫人夫家的親戚，非常漂亮，但看起來病懨懨的……您在井邊沒碰過她嗎？──她中等身材，金髮，五官端正，一副肺癆病的臉色，右臉頰有一顆黑痣。她的臉表情豐富，讓我很是驚奇。」

「一顆黑痣！」我喃喃自語，「不會吧？」

醫生瞧了我一眼，把手按在我胸口，得意洋洋地說道：

「您認識她吶！……」我的心的確跳得比平常還猛烈。

「這下子輪到您得意了！」我說道，「不過，我很信任您，您不會把我出賣。我還沒看到她的人，但是我相信，從您的描述中，我認出她就是我過去曾愛過的一個女人……您跟她一個字也別提起我，要是她問起來，您說說我的壞話就是了。」

「好吧！」魏爾納聳聳肩膀說道。

他走後，一股可怕的憂愁緊壓我的心頭。是命運讓我們在高加索重逢，還是她明知會與我相遇，特意趕到這兒？……叫我們怎麼見面好？……還有，這會是她嗎？……我的預感從來不會欺騙我。世界上沒有一個人像我一樣，老是受到往事擺佈。每回想起過往的憂愁與歡笑，我的心都會隱隱作痛，並迴響著往日的情懷……我真是天生愚蠢，什麼事都忘不了，忘不了！

午飯過後，約莫是六點鐘，我走往林蔭大道。那邊已有一大群人，公爵夫人與公爵小姐坐在長凳上，身旁圍繞著不少年輕男子，爭相地向她們大獻殷勤。我落坐於稍遠處另一張長凳上，叫住兩位熟識的D軍團軍官，開始向他們說東說西的，想當然爾，是妙趣橫生，因為他們都像瘋子似地哈哈大笑起來。公爵小姐身邊有幾個人大感好奇，走到我身旁；漸漸地所有人都一個一個離開她，加入我的圈子。我說得沒完沒了，妙語如珠，甚至荒唐，我嘲弄路過的古怪人物，惡毒得幾近瘋狂……我不停地逗樂眾人，直到夕陽西下。有幾次公爵小姐挽著母親的手，身邊還陪伴著一位瘸腿的小老頭，走過我身旁。好幾回她的目光落在我身上，一臉氣惱，卻又努力地裝成不在乎……

「他跟你們說些什麼？」她向出於禮貌回到她身旁的一位年輕男子問道，「準是很精彩的故事吧，是不是戰場上的豐功偉績？」她說得很大聲，顯然有意奚落我一番。「啊哈！」我心中想道，「您倒真的大發嬌嗔啦，可愛的公爵小姐，等著瞧吧，精彩的還在後頭呢！」

格魯希尼茨基像隻貪婪的野獸，緊緊盯著她，不讓她脫離自己的視線。我敢打賭，明天他準會要求什麼人把他介紹給公爵夫人。她也會很高興的，因為她日子無趣得緊。

五月十六日

過去兩天裡，我事情大有進展。公爵小姐把我恨透了，已經有人轉述給我兩三回她對我的冷嘲熱諷，聽起來雖相當尖酸刻薄，但也讓我不勝榮幸。她一定很納悶，像我這樣習於出入上流社會，跟她彼得堡的表姊堂妹、姑姑嬸嬸等都是來往密切的人，卻怎會不想同她結識。我們天天都會在礦泉水井旁和林蔭大道上相遇。我千方百計地吸引她的崇拜者，包括衣著光鮮的副官、臉色蒼白的莫斯科人和其他人，我幾乎都能如願以償。我過去一向不喜客人登門，但現在我家天天是賓客盈門，吃午餐的、吃晚餐的、打牌的——而且，呵，我的香檳酒勝過那雙迷人眼神的魅力呢！

昨天我在契拉霍夫的店裡碰見她，她正問起一條很漂亮的波斯地毯的價格。公爵小姐勸她媽媽別捨不得花錢，她說，這條地毯可以把她的書房點綴的多亮麗呀！……我多給了四十多盧布，硬是把這塊地毯搶購了下來。為此我還遭人白眼，那眼神露出狂怒，卻也讓人著迷。大約午飯時刻，我吩咐把我那匹契爾克斯馬披上這張地毯，故意牽過她的窗前。魏爾納當時正在她們家中，後來他告訴我，這齣戲的效果極富戲劇性。公爵小姐有意號召一批義勇軍圍剿我。我甚至發覺，已有兩位副官當著她的面和我打招呼時，態度總是非常冷淡，雖然他們還是天天上我家吃午飯。

格魯希尼茨基則一副神秘兮兮的樣子，走起路來，雙手負在身後，對誰都不理不睬，他的腿也突然康復，已經不大跛了。終於他逮到機會跟公爵夫人聊天，並向公爵小姐恭維一番，顯然公爵小姐也不大挑剔，打從那時起，對他的鞠躬都報以最溫柔的微笑。

「你完全不想同李戈夫斯卡雅公爵夫人一家結識嗎？」昨日他問我。

「完全不想。」

「得了吧！她們可是溫泉鄉最讓人愉快的一戶人家呢！所有本地的上流社會……」

「老兄，就是非本地的上流社會都也讓我煩透了。不過，你常去她們那兒嗎？」

「還沒去過，我只和公爵小姐談過一兩次話，就是如此。你也知道，就這樣冒冒失失的登堂入室是不大合適的，雖然本地有這種習慣……要是我能佩戴軍官帶穗肩章，那又另當別論……」

「得了吧！其實你這副樣子更有趣！你只是不會善加利用自己的優勢……尤其，這件士兵大衣在多情小姐的眼中，簡直讓你成為英雄，成為受難者啦。」

格魯希尼茨基得意洋洋地笑了。

「真是胡說！」他說道。

「我敢說，」我繼續說道，「公爵小姐已愛上你啦。」

他滿臉漲紅直達耳根，卻又一副傲然的樣子。

唉，虛榮心啊！你簡直就是阿基米德想要用來撐起地球的槓桿啊！……

「你就是愛說笑！」他說道，並做出好像生氣的樣子，「首先，她對我所知還很少……」

「女人就愛她們所不了解的人。」

「我毫不妄想獲得她的青睞，我只不過想要結識一個有趣的人家罷了。要是我還心存任何奢望，那未免太可笑了……至於你們這種人嘛，又另當別論！你們是彼得堡的勝利者，你們只消眼睛一瞄，女人就融化了……畢巧林，你曉得公爵小姐怎麼說你來著嗎？」

「怎麼？她都已經跟你說起我了？……」

「不過，你且慢高興。有一次在井邊我偶然跟她聊了起來，她的第三句話就是：『這位眼神讓人不舒服、目光沉重的先生是誰啊？他跟您在一起，那時……』她想起自己可愛卻也輕率的舉止，便羞紅了臉，不願說出那個日子。『您不用提那個日子，』我回答她，『它將讓我永遠銘記在心……』我的朋友，畢巧林呀！我可不能向你道賀啊，她對你印象極差……唉，真的，遺憾得很！因為梅麗真是可愛極了！……」

必須指出，有些人一談起女人，其實他們跟這女人還不算熟，但只要有幸讓他們看上的，他們都口口聲聲管她叫「我的梅麗」啦、「我的索菲亞」啦，格魯希尼茨基正是這種人。

我煞有介事地回答他說：

「確實，她長得不錯……只是當心點，格魯希尼茨基！大多數俄羅斯小姐憧憬的只是柏拉圖式的愛情，她們並不把愛情與婚嫁混為一談，而柏拉圖式的愛情卻是最讓人傷腦筋。公爵小姐似乎就是這種女人，她們只要人家逗，人家哄，但要是連續兩分鐘，在你身旁她們覺得無趣，那你就死定，無法挽回啦。你的沉默要能激起她的好奇，但你的言談卻又不要完全滿足她的好奇，你應該讓她時時刻刻都為你牽腸掛肚，如此一來，為了你，她可以十來次公然無視非議，並宣稱這是為愛犧牲，同時，她為了犒賞自己，會開始折磨你，之後，乾脆就說，她對你再也忍無可忍。要是你無法駕馭她，就算她第一次讓你一親芳澤，並不代表你有第二次的權利。她現在跟你盡興地打情罵俏，而一兩年之後，卻奉母親大人之命，嫁給一個醜八怪，並自圓其說，表示她是大不幸，她只愛著一個人，那就是你，無奈老天不讓你們倆結合，因為他身穿的是士兵大衣，哪怕在那厚重灰色軍大衣底下跳動著一顆熱情而高貴的心靈……」

格魯希尼茨基一拳捶在桌子上，開始在屋裡踱來踱去。

我心裡暗自大笑，甚至一兩次微笑露在臉上，還好他並未察覺。顯然，他戀愛了，因為他比以前更輕信於人。他甚至戴著一枚鑲著烏銀的銀色戒指，是本地打造的，它讓我覺得很可疑……我便仔細觀瞧，咦，怎麼？……戒指內側竟用很小的字體刻著「梅麗」的名字，旁邊還有日期，這是梅麗撿起那只大家都已耳熟能詳的杯子的日子。我對這項發現秘而不宣，不想逼他承認。我想讓他自動把我納入知心好友之列，那時我就有好戲可瞧嘍……

*

今天我起得很晚。我來到了井邊，那裡已空無一人。天氣漸漸熱起來。朵朵濃密的烏雲從雪峰飛快地飄來，預示雷雨將至。瑪蘇克山的頂峰煙霧瀰漫，好像一支剛熄滅的火炬。片片灰雲去路遭山峰攔阻，彷彿鉤在多刺的灌木林，又像蛇似的，在山峰四周纏繞、爬行。空氣中充滿雷電的氣息。我往葡萄藤間的小徑深處走去，那裡可通往岩洞。我忽覺一陣傷感。我想起醫生跟我提到的那位臉頰上有痣的年輕女子……她在這兒做什麼？真是她嗎？何以我認為這就是她？甚至我憑什麼如此確定？臉頰上有痣的女人還會少嗎？想著想著，不覺人就來到岩洞口。我看了看，岩洞拱門陰涼處的石凳上坐有一女子，戴著草帽，披著黑色圍巾，低頭垂胸，草帽遮住臉龐。我正想轉身回去，以免擾人遐思，這時她卻往我瞧來。

「薇菈！」我不由驚呼。

她身體一顫，臉色發白。

「我知道您在這兒，」她說道。我在她身旁坐了下來，握起她的手。一聽見她那親切的聲音，早已忘懷的悸動又在我血管中奔竄。她那深邃安詳的眼睛看了我一眼，眼眸中流露著猜疑與幾許類似責備的神情。

「我們好久不見了，」我說。

「是很久了，我們兩個人也都變了很多！」

「這麼說，妳已不再愛我了？……」

「我結婚了！……」她說。

「又結婚啦？不過幾年前同樣的理由不也存在，可是當時……」

她從我手裡抽出手，兩頰飛紅。

「或許妳愛妳的第二任丈夫吧？……」

她默不作聲，轉過頭去。

「或者他老愛吃醋？」

還是一陣沉默。

「怎麼樣？他年輕、英俊，特別是，一定很有錢，妳會害怕……」我瞧了她一眼，大吃一驚；她臉上露出深沉的絕望，眼中閃動著淚光。

「告訴我，」她終於低聲說道，「折磨我你覺得很快樂嗎？我應該恨你才是。打從我們認識以來，你帶給我的，除了痛苦，其他一無所有……」她聲音顫抖著，身體靠向我，頭埋在我胸前。

「或許，」我心想，「你過去正因如此才會愛我的——歡樂易逝，悲傷難忘呀……」

我緊緊抱著她，我們就這樣擁抱著好一陣子。終於，我們的嘴唇湊近了，並融合成讓人心神迷醉的熱吻。她的雙手冰冷，頭腦發燙。於是，我們之間展開了一場談話，這種談話若訴諸文字則無意義，重述也不可能，甚至無法記住，因為聲音的意義代替並補充了文字的意義，就好像義大利歌劇一樣。

她堅決不讓我結識她的丈夫——就是那個我在林蔭大道見過一眼的瘸腿小老頭。她是為了她兒子的緣故才嫁給他的。他是個有錢人，卻患有風溼症。我不允許自己對他有任何取笑的話，因為她像對待父親一樣尊敬他，但是，將來也會像對待丈夫一樣欺騙他……一般而言，人心是很奇怪的東西，尤其是女人心啊！

薇菈的丈夫，謝苗·華西里維奇，姓葛什麼夫的㊺，是李戈夫斯卡雅公爵夫人的遠親。他就住在公爵夫人家隔壁，薇菈常常到她家走動。我承諾薇菈要去結識公爵夫人一家人，並去追求公爵小姐，好來轉移人家對薇菈的注意。這樣，我的計畫一點也沒受干擾，我也將會很開心……

開心！……是的，有人一味追求幸福，內心感覺需要熱愛什麼人，這種精神生活的階段，在我已成為過去。如今我只想被人所愛，而且只被少數幾個。我甚至覺得，只要有一個人對我堅貞不移的眷戀，我就心滿意足了，人心的這種習慣真可悲啊！……

有一件事老叫我納悶不已：我從未成為我心愛女人的奴隸；反之，我總能順利掌控她們的意志與心靈，而且根本不費力氣。何以如此？——這是否是因為我向來對什麼都不在乎，而她們卻隨時擔心我會從手掌之間溜走？或者是強烈身體機能的一種磁力作用？或者是我從未遇見個性頑強的女人？

老實說，我確實不愛有個性的女人。女人要個性做啥？……

的確，我現在想起，有一回，也僅有這麼一回，我曾愛上一個意志堅強的女人，

㊺ 小說原文中，此處姓氏不全。

她的意志我從來沒有征服過……我們分手時像仇人，——不過，要是我遲個五年遇見她，或許，我們分手又會是另一番局面……

薇菈病了，而且病得很重，儘管她不承認。我擔心，她有肺癆，或者那種稱之為fievre lente[46]的毛病——這種疾病根本不是俄羅斯的病，在我們語言裡也就沒有這種疾病的名稱。

我們在岩洞時，雷雨交加，也讓我們在岩洞中多待了半個小時。她並未逼我立誓對她表示忠誠，也沒問我分手以來是否愛過別人……她再度像過去一樣毫無顧忌地信任我，——我也沒欺騙她，她是世界上唯一我無法欺騙的女人。我知道，我們很快又會分手，甚至或許是永別，將各走各路，直至踏進棺材。但是，對她的回憶將完美無缺地長存我心。我常對她重述這句話，她也相信我，儘管她嘴裡說的都是相反。

我們終於分手了。我久久地目送她離去，直至她的帽子消失在樹叢與岩石之後。我的心緊緊壓縮著，很痛很痛，就像我們第一次分別那樣。啊，我多麼喜愛這種感覺！這是青春挾帶著有益身心的狂風暴雨重返我的身上，或是它臨去的秋波，留作紀念的最後贈禮？……想起來也真可笑，論起外表，我看起來還像個大男孩：臉龐雖顯蒼白，但仍稚嫩；手腳靈活勻稱；頭髮濃密捲曲，兩眼炯炯有神，熱血沸騰……

回家路上，我騎著馬奔馳在草原上。我喜愛騎著烈馬，迎著曠野狂風，馳騁在萋萋荒草上。我貪婪地吞嚥芬芳的空氣，極目眺望藍藍的遠方，試圖在蒼茫中捕捉周遭景物漸漸清晰的輪廓。不論什麼悲傷積壓在心頭，不論什麼煩惱折磨我思緒，所有一切剎那間都煙消雲散。心頭一陣暢快，身體的勞累戰勝了心理的焦慮。一看到南方太陽照耀下蒼鬱的青山，一看到蔚藍的天空，或者一聽到從一個懸崖落到另一個懸崖的嘩嘩流水聲，管她什麼女人的眼眸，都已拋到九霄雲外了。

我想，那些正在瞭望台打呵欠的哥薩克哨兵看我漫無目的騎馬奔馳，一定會納悶不已，因為從服裝上看，他們準把我當成契爾克斯人。事實上，有人跟我說，我一身契爾克斯服裝騎在馬上，比很多卡巴爾達人更像卡巴爾達人。也確實的，就這一身高貴的戰鬥服裝而言，我十足是個花花公子：身上沒有一條飾帶是多餘的；武器名貴，裝飾卻簡樸；皮帽上的毛皮不長不短；裹腿與皮靴相配得宜；白色上衣搭配深褐色契爾克斯外套。我費了好多的功夫研究山民的騎馬姿勢，因此最能滿足我虛榮心的，莫如承認我的騎術是高加索式的。我有四匹馬：一匹自己騎，三匹給朋友騎，免得一個

㊻ 法文，表示「慢性虛熱」。

人馳騁原野感到寂寞。可是，我的朋友高高興興地牽走我的馬，卻從來不跟我結伴騎馬蹓躂。等我想到該是吃飯的時候，已是下午六點鐘。我的馬兒已疲累了，於是我騎馬走上大道，這條路從五峰城通往德國僑民區，溫泉鄉上流社會人士常常騎馬到那兒en piquenique[47]。這條道路蜿蜒在樹叢之間，往下通到幾個不很大的峽谷，那裡溪水潺潺，荒草萋萋。貝什圖山、蛇山、鐵山與禿山等蔚藍巨峰，矗立在四周，像似半圓形劇場。我來到當地土話叫山溝子的一個小峽谷，停了下來讓馬飲水。這當兒大路上出現一群人結伴騎馬出遊，眾聲喧譁，衣著光鮮：女士們身著黑色或藍色騎士服，男騎士則穿著契爾克斯與下諾夫哥羅德混合樣式服裝；騎馬走在前面的是格魯希尼茨基與公爵小姐梅麗。

溫泉鄉的女士相信契爾克斯人會在大白天發動襲擊，或許這個緣故，格魯希尼茨基在士兵外套上掛著一把軍刀、兩把手槍：他這身英雄式的裝束讓他看起來很滑稽。高高的灌木叢把我遮住，他們沒能看見我，我卻能透過樹葉的縫隙把他們看得一清二楚，並從他們臉上的表情猜出，他們的話題是很感傷的。最後，他們來到斜坡邊上。格魯希尼茨基抓住公爵小姐的馬韁，於是我聽到他們談話的結尾：

「那您打算一輩子待在高加索嗎？」公爵小姐說道。

「俄羅斯對我有何意義？」她的這位騎士回答，「那裡有成千上萬的人，因為比我有錢，就不把我放在眼裡。反觀這兒——在這兒，這身厚重的士兵大衣並未阻礙我跟您的相識……」

「兩地恰恰相反……」公爵小姐說著，臉都紅了。

格魯希尼茨基面有得色，繼續說道：

「這兒，我的生活過得熱熱鬧鬧的，在蠻子的槍林彈雨中不知不覺很快地就過去，只求上帝每年都能賜給我一個女子明亮的眼神，只要一個，就像那……」

這當兒，他們走到我近處，我揚鞭抽馬，竄出樹叢……

——Mon dieu, un Circassien!... ㊽公爵小姐一聲驚呼。

為了消除她的疑懼，我微微躬身，用法語答道：

——Ne craignez rien, madame, - je ne suis pas plus dangereux que votre cavalier. ㊾

㊼ 法文，表示「野餐」之意。

㊽ 法文，表示「我的上帝，契爾克斯人！……」。

㊾ 法文，表示「不用怕，小姐，——我並不比您那位騎士危險」。

她一臉尷尬，——但是為什麼？是因為她自己的誤會，還是因為她覺得我的話過於莽撞？我倒是希望，正確的是後一項假設。格魯希尼茨基老大不高興地瞪我一眼。

天色已晚，約莫十一點鐘，我到林蔭道的椴樹小徑散步。整個城市都陷入沉睡之中，只有幾個窗戶裡亮著燈光。三面黑壓壓地矗立著瑪蘇克山峭壁的脊樑及其支脈，山頂上籠罩著讓人惴惴不安的烏雲；月亮東升；雪峰像銀色流蘇似的在遠方閃閃發亮。哨兵的吆喝聲中夾雜著夜間自由流瀉的溫泉潺潺聲。街上偶爾傳來得得的馬蹄聲，伴隨著諾蓋人㊿轔轔的馬車聲，以及韃靼人悽悽的歌唱聲。我落坐在一條長凳上，陷入沉思……我很想有知心好友一吐心事……然而，跟誰呢？……「薇菈此刻在做什麼？」我想著……我情願付出任何高價，只要此時此刻能讓我握握她的手。

突然，我聽見急促而淩亂的腳步聲……準是格魯希尼茨基……果然不錯！

「從哪兒來？」

「從李戈夫斯卡雅公爵夫人家裡，」他得意洋洋地說著，「梅麗唱得可真好啊！……」

「你知道嗎？」我對他說，「我打賭，她一定不知道，你是士官生，她還以為你是遭降級處分呢……」

「或許吧！這干我何事！……」他心不在焉地說。

「沒事，我不過隨口說說而已……」

「你可知道，你今天把她氣壞了？她認為，這是前所未聞的無禮行為。我好不容易才讓她相信，你教養良好，十分清楚上流社會的禮節，絕非有意羞辱她。她說，你眼神放肆無禮，你這個人一定自以為了不起。」

「她可沒說錯……那你不挺身而出為她幫腔嗎？」

「很遺憾，我還沒有這樣的權力……」

「啊哈！」我心想著，「顯然，他已是有所期待……」

「不過，對你而言，情況還更糟，」格魯希尼茨基繼續說道，「現在你要結識她們可難啦。可惜啊！就我所知，這是挺有意思的一個人家……」

我內心暗笑。

「現在，對我而言，最有意思的人家就是我自已的家，」我說道，打著呵欠，站起身來，準備離去。

❺⓪ 諾蓋人是分佈於北高加索地區的少數民族。

「不過，你倒坦白說，你後悔嗎？……」

「瞎說！只要我願意，明晚我就到公爵夫人家……」

「那我們就走著瞧……」

「甚至，為了讓你高興，我還要去追求公爵小姐呢……」

「好啊，只要她願意和你說話……」

「我就等待那一刻，看你的談話什麼時候讓她厭煩……再見了！……」

「那我可要去蹓躂蹓躂，——我現在怎麼也睡不著……喂，我們最好去飯店，那裡可以賭錢……我現在需要強烈的刺激……」

「祝你輸錢……」

我回家去了。

五月二十一日

差不多過了一星期，我還沒跟李戈夫斯卡雅公爵夫人一家交往。我在等待適當時機。格魯希尼茨基如影隨形地，跟在公爵小姐後面到處跑。他們談起話來沒完沒了：幾時他才會讓公爵小姐厭煩啊？……她母親對此毫不在意，因為他還不夠格追求公爵小姐。這是母親的邏輯！我有兩三次發現到公爵小姐對他含情脈脈的眼神，——應該給這種情況做個了結。

昨天薇菈第一次出現在水井邊……打從我們在岩洞碰面後，她一直足不出戶。我們同一時間把杯子放到井裡取水，她彎身下腰時，悄聲對我說道：

「你就不肯同李戈夫斯卡雅公爵夫人一家認識？……我們只有在那兒才能見面……」

這是責怪呀！……無趣得很！不過，這也是我罪有應得……

可真巧，明天在飯店大廳有募款舞會，而我將會與公爵小姐跳瑪祖卡舞。

五月二十二日

飯店大廳變成了貴族聚會大廳。九點鐘人們都到齊了。公爵夫人帶著女兒到得最晚。很多太太小姐打量著公爵小姐梅麗，都眼帶忌妒與敵意，因為她的穿著最富品味。

那些自認是當地貴族的名媛藏起妒意，緊挨在她身邊。又能如何呢？凡是有女人的圈子，立刻就有高低二等之分。格魯希尼茨基站在窗外的人群中，他臉貼著玻璃窗，兩眼緊盯著自己的女神。她從旁邊走過時，都會讓人難以覺察地向他點個頭，於是他的臉就像太陽般地發亮……開頭是跳波蘭舞，接著演奏華爾滋舞曲。靴刺叮叮作響，裙擺飄飄飛揚，人影團團旋轉。

我站在一位戴滿粉紅色羽毛頭飾的胖女士身後。她那華麗的服飾讓人想起箍骨裙的時代[51]，而她粗糙皮膚上的疙疙瘩瘩，則讓人想到貼著黑色塔夫綢美人痣的幸福年代[52]。她頸部上一顆最大的贅疣用寶石項圈遮住。她對她的男伴，一位龍騎兵上尉，說道：

「這位李戈夫斯卡雅公爵小姐真是惹人厭的丫頭！您想想，她撞了我一下，不但沒賠個不是，還轉過身拿著帶柄眼鏡對我直瞧……C'est impayable! [53]……她有什麼好神氣的？真該給她教訓教訓……」

「這事好辦！」那位殷勤的上尉答道，並向另一間屋子走去。

我隨即走到公爵小姐跟前，利用本地准許跟陌生女士共舞的習俗，邀請她跳華爾滋舞。

她勉強忍住笑意，掩飾自己的得意。不過，她很快就擺出一副十分冷淡，甚至嚴厲的樣子。她敷衍地把一隻手搭在我肩上，微微地側著頭，於是我們就跳起舞來。我從未見識過比這更性感、更柔軟的腰身！她清新的呼吸輕拂在我臉龐，有時在華爾滋舞的旋轉中，她一綹鬈髮滑過我發燒的臉頰……我帶她轉了三圈。（她華爾滋跳得極為出色。）她嬌喘吁吁，頭暈目眩，嘴唇半張半閉，只能勉強輕聲說出必要的應酬話——Merci, monsieur❺❹。

沉默半晌之後，我裝出一副最恭順的模樣，對她說道：

「公爵小姐，我聽說，雖然您跟我完全不認識，但，很不幸地，我卻已經很不得您好感……您認為我放肆無禮……這可確有其事？」

❺❶ 十八世紀至十九世紀初，歐洲貴族仕女流行穿著箍骨裙。這是裡面用鯨須架撐起來的筒裙。

❺❷ 歐洲仕女的古老習俗，她們用黑色塔夫綢或小塊黑色膏藥貼在臉上，冒充美人痣。

❺❸ 法文，表示「真是豈有此理！」。

❺❹ 法文，表示「謝謝，先生」。

「那您現在是要我證實這項意見嗎？」她回答，臉上一副調侃的神情，不過，這個樣子跟她那表情豐富的臉蛋倒很相稱。

「我要是什麼地方過於放肆而冒犯您，那請容許我更放肆地請求您原諒……而且，說實在的，我倒很希望能向您證明，您錯看我了……」

「這對您可不容易呀……」

「何以見得？……」

「因為您不會來我們家，而這種舞會大概不會常常舉行。」

「這也就是說，」我心裡想，「他們家的大門對我永遠是關閉的。」

「您知道嗎，公爵小姐，」我說道，心裡有些惱怒，「無論何時對懺悔的罪人都不該拒之於千里之外，要不然他絕望之餘，很可能會變本加厲地犯罪……到那時候嘛……」

周圍人們傳來哄堂大笑與竊竊私語，惹得我中斷自己的談話，回過頭去。在我幾步之外站著一群男子，其中包括一位龍騎兵上尉，就是之前表示對可愛的公爵小姐將有不利之舉的那位。他不知何故特別一副洋洋得意，不住地搓搓雙手，哈哈大笑，並與一伙人擠眉弄眼的。忽見他們之中有人越眾而出，此人身穿燕尾服，蓄著長長的小鬍子，紅通通的臉，踉踉蹌蹌地直衝公爵小姐而來。他一身醉意，就在滿臉發窘的公爵小姐面前站住，兩手負在背後，一對混濁的灰眼珠直勾勾地盯著公爵小姐，並啞著嗓子大聲說道：

「請允許我㊺……嘿，說這幹嘛！……我只是邀請您跳一趟瑪祖卡舞……」

「您想幹什麼？」她聲音顫抖地說著，求助的眼神四處張望。可糟！她母親離她很遠，而熟識的男伴一個都不在身邊；有個副官似乎把一切都看在眼裡，卻又躲到人堆中，不願蹚入這種渾水。

「怎麼？」醉漢說道，並向龍騎兵上尉眨眼示意，龍騎兵上尉則打手勢以表鼓勵。「莫非您不願意？……我再次榮幸地邀請您 pour mazure ㊻……您準是認為我醉了吧？這不打緊！……跳起來更自在呢，我可以向您保證……」

我看她又怕又氣，都快昏厥過去了。

我走到醉漢跟前，牢牢地抓住他的手臂，瞪了他一眼，請他離開，因為，我補上

㊺ 此處小說原文為法語（permettez）的俄文譯音，表示說話者的法語發音不清。

㊻ 法文，表示「跳瑪祖卡舞」。

一句，公爵小姐早就答應跟我跳瑪祖卡舞了。

「喔，那就沒辦法了！……下次吧！」他笑嘻嘻地說著，退到那些尷尬的同伴跟前，那些人馬上把他帶到另一個房間去了。

我獲得的獎賞是美目盼兮的深深一瞥。

公爵小姐走到母親身邊，把事情一五一十都說給她聽。於是公爵夫人在眾人之間把我找出來，向我致謝。她並向我表示，她認識我母親，並且跟我半打的姑姑阿姨都很要好。

「我不曉得，怎會這樣呢，我們跟您竟然一直都不認識，」她又說，「不過，您得承認，這可都是您的不是：您跟大家總是互不往來，這未免不像話。我希望，我家客廳的氣氛能驅散您的憂愁……您說是嗎？」

我向她說了一句這種場合人人都會說的應酬話。

卡德利爾舞[57]拖得老半天。

最後，樂隊奏起瑪祖卡舞曲，而我跟公爵小姐坐了下來。

有關醉漢、我過去的行為舉止，以及格魯希尼茨基，我是隻字未提。方才不愉快的一幕給她造成的印象漸漸消散，她的小臉蛋也恢復光彩。她說起笑話，嫵媚動人；

她談天說地，機智俏皮，毫不做作，又生動自然；她評論事理，有時也精闢深入……我說話故意含糊其詞，讓她覺得我早就喜歡她了。她垂下頭，兩頰微紅。

「您真是個怪人！」然後她舉起那天鵝絨似的雙眼說道，並且不自然地笑著。

「我過去不想跟您認識，」我接著說，「因為您四周包圍著太大的一群仰慕者，我擔心我會在這人群中淹沒得無影無蹤。」

「那您是白操心了！他們每個都無趣得很……」

「每個！每個都是嗎？」

她專注地看了我一眼，似乎努力地想些什麼，隨即兩頰再度微紅，最後，斬釘截鐵地說道：「每個都是！」

「就連我的朋友格魯希尼茨基？」

「他會是您的朋友？」她說著，露出些許的懷疑。

「是的。」

「當然，他並不列入無趣那一類……」

57 一種源於法國的雙人舞，由六個舞式構成。

「但卻列入不幸那一類，」我笑著說道。

「當然！您覺得好笑嗎？我希望您能為他設身處地的想想……」

「那有什麼？我本人一度也是士官生，而且，老實說，那還是我生命中最美好的時光呢！」

「難道他會是士官生？……」她很快地說，然後有補上：「我還以為……」

「您以為什麼？……」

「沒什麼！……那位女士是誰？」

於是談話就轉變方向，再沒回到這個主題上。

瑪祖卡舞結束了，於是我們互道再見。太太小姐都散去……我便去吃晚飯，碰到了魏爾納。

「啊哈！」他說，「原來這麼回事！您原來還說要以不同尋常的方式結識公爵小姐，好比拯救她性命於危急之中呢。」

「我做得更漂亮！」我回答他，「我在舞會上把她從昏厥中拯救出來！……」

「怎麼一回事？說來聽聽！……」

「免了，您自己猜猜吧，——反正天下事您都猜的著！」

五月二十三日

晚上七點鐘左右，我在林蔭大道上散步。格魯希尼茨基遠遠看到我，就走到我跟前，他的眼中閃動著一種滑稽的喜悅。他緊緊地握住我的手，以一種悲劇的聲音說道：

「感謝您，畢巧林……你了解我嗎？」

「不了解。不過，無論如何，不值一謝，」我答道，憑良心說，我並未做任何善事。

「怎麼？就是昨天啊？難道你都忘了？……梅麗全都跟我說了……」

「什麼？敢情現在你們兩個一切都已不分彼此了？包括感謝也是？……」

「聽好，」格魯希尼茨基煞有介事地說道，「要是你還想做我的朋友，請你不要拿我的愛情開玩笑……你瞧，我愛她愛得要發瘋了……並且我想，我希望，她也愛我……我對你有項要求，你今晚得到她們家去。答應幫我觀察一切。我知道這些事情上你經驗豐富，你比我了解女人……女人呀！女人！誰懂得她們呢？她們的微笑與眼波互相矛盾，她們的話語既給人希望又誘惑人心，音調卻拒人於千里之外……有時她們一下子就識破我們最隱密的念頭，有時連最簡單不過的暗示卻不明白……就拿公爵小姐來說吧，昨天她盯著我看時，眼睛燃燒熱情，今天卻黯然無光，一片冰冷……」

「這大概是溫泉的功效吧，」我答道。

「你凡事都只看壞的一面……唯物主義者！」他不屑地加了一句。「不過，我們換個物質吧[58]，」其實這個雙關語並不高明，他卻為之得意洋洋，開心不已。

八點多鐘，我們一起前往公爵夫人家。

走過薇菈的窗前，我看見她在窗口。我們彼此匆匆地交換個眼神。她在我們之後，很快也走進李戈夫斯卡雅公爵夫人一家的客廳。公爵夫人介紹我給她認識，就像介紹給自己的親戚一樣。我們喝喝茶，客人很多，大家不外是一般性地閒話家常。我努力地討取公爵夫人的歡心，說說笑話，好幾次讓她開懷大笑。公爵小姐不只一次也想放聲大笑，不過卻忍了下來，以免有損形象。她覺得，慵慵懶懶的樣子挺適合她的，——或許，這是錯不了。格魯希尼茨基看起來很高興，因為我的歡樂並未感染公爵小姐。

茶後大家都來到大廳。

「我這麼聽話，妳還滿意吧？」走過薇菈身旁時，我說道。

她向我拋個眼神，其中充滿愛意與謝意。這樣的眼神我已習以為常，不過，曾幾何時，它讓我有過無限的歡喜。公爵夫人要女兒坐到鋼琴旁邊，大家都請她唱首歌，——我不發一語，還趁著鬧哄哄的當兒，和薇菈走到窗前。她想告訴我對我們兩人都很重要的事……結果，卻是無關緊要的話……

這其間，公爵小姐對我的冷淡感到氣惱，從她一個怒火閃爍的眼神，我都能猜個正著……呵，我太了解這種無言的對話，它意味深長，又簡短有力！……

她唱起歌來了。她的歌聲不壞，但唱得卻不怎高明……其實，我並沒好好在聽。不過，格魯希尼茨基面對著她，把手肘支撐在鋼琴上，不住地低聲說著——Charmant! délicieux! 59。

「妳聽著，」薇茽對我說，「我不要你認識我的丈夫，不過，你務必獲取公爵夫人的歡心，這對你是輕而易舉的，只要你願意，什麼事你都辦得成。我們只能在這兒見面……」

「只能在這兒嗎？……」

58 這句話中，格魯希尼茨基賣弄俄語文字遊戲。前一句的「唯物主義者」以「物質」為字根，而「物質」一詞在俄語中還有「話題」之意。因此，說話者在本句中特別承續這個詞彙，其實是表達：「我們換個話題吧」之意。

59 法文，表示「真動人！真美妙！」之意。

她紅了臉，接著說道：

「你知道，我是你的奴隸，我對你從來是百依百順……而我也將因此受到懲罰：你遲早會移情別戀！現在我至少也要維護自己的名譽……這不是為自己，對此你很清楚！……啊，我求求你，別跟以前一樣折磨我，不要無端猜疑，不要故作冷淡，因為，或許，我將不久於人世，我感覺我的身子一天比一天衰弱……儘管如此，我無法想到未來的日子，我一心想的只有你……你們男人不懂得深情一瞥與兩手相握的喜悅……可是我呢，向你發誓，一聽到你的聲音，我就感到深深的、奇妙的歡喜，哪怕是最熱烈的親吻也不能代替它。」

這時，公爵小姐梅麗的歌聲停止了，四周傳來一片讚美聲。我在眾人之後走到她的跟前，對她的好歌喉隨便敷衍了幾句。

她扮個鬼臉，噘噘下嘴唇，帶著嘲弄的神情坐了下來。

「這太恭維我了，」她說，「其實您根本沒在聽我唱，或許，您不喜歡音樂吧？……」

「恰恰相反……特別是飯後。」

「格魯希尼茨基說得對，他說您的興趣是極其庸俗乏味……而我也看出，您愛音樂是基於美食的觀點……」

「您又錯了，我根本不講究美食，我的胃糟糕透頂。不過，飯後來點音樂倒是有助睡眠，而飯後的睡眠則有益健康。因此，我愛音樂是基於醫學的觀點。晚上就恰恰相反，音樂又太刺激我的神經了，不是讓我過度憂鬱，就是過度快活。要是沒有適當理由，二者都很傷神。再說，在社交場合，憂鬱是很可笑的，而過度快活又顯失禮……」

她沒聽完話就走開了，坐到格魯希尼茨基的身旁。於是，他們就情意綿綿地談了起來。不過，格魯希尼茨基即使妙語如珠，公爵小姐答腔似乎心不在焉，甚至答非所問，儘管她努力裝出聽得很用心的樣子。因此，格魯希尼茨基偶爾詫異地看著她，拼命揣測著，何以她那不安的眼神中不時透露一股內心的焦慮……

不過，我卻摸透您的心思，親愛的公爵小姐，小心點兒吧！您想要對我一報還一報，刺傷我的自尊心，——您是不會得逞的！要是您要向我宣戰，那我將會毫不留情。

整個晚上，我幾次特意想要加入他們的談話，但她對我的言論相當冷淡，最後，我就假裝氣惱得走開。公爵小姐一副打了勝仗的樣子，格魯希尼茨基也是。得意吧，我的朋友們，趕快抓緊時間吧……你們得意不了多久的！……怎麼說呢？我有一種預感……只要跟女人一認識，我總是能準確無誤地猜中，她會不會愛上我……

這個晚上其餘的時間，我都在薇菈身邊度過，我們談往事談個痛快……她為什麼如此愛我，說真的，我不知道！更何況她是唯一知我甚深的女人，她對我的任何細微缺點與不良癖好無所不知……難道邪惡那麼具有魅力嗎？……

我跟格魯希尼茨基一起出來。在街上他捉住我的手，沉默半晌後說道：

「嘿，怎麼樣？」

我本想回說：「你真是呆子！」但忍了下來，只是聳了聳肩膀。

五月二十九日

這些天來，我一次都未曾放棄既定原則。公爵小姐漸漸喜歡聽我說話。我告訴她一些我生命中的奇遇，她開始覺得我並非平常人物。我嘲笑世界上所有的一切，尤其是感情，這讓她感到害怕。當著我的面，她再也不敢跟格魯希尼茨基情話綿綿，甚至有幾次她以嘲弄的笑容回應格魯希尼茨基愚蠢的行為。不過，每當格魯希尼茨基走到她跟前，我總是做出很識趣的樣子走開，留下他們兩人獨處。第一次，她很高興，或者是裝作很高興；第二次——她生我的氣；第三次——她對格魯希尼茨基發脾氣。

「您這個人太沒自信心了！」昨天她對我說道。「您憑什麼認為，我跟格魯希尼茨基在一起會更快樂？」

我答道，我是犧牲自己的快樂，成全朋友的幸福……

「還有犧牲了我的快樂，」她加了一句。

我專注地看著她，擺出一副嚴肅的神情。接著整天都不跟她說一句話……昨天晚上，她顯得若有所思，今天早上她在井邊更是一副心事重重。當我走到她跟前，她正心不在焉地聽著格魯希尼茨基好像在讚頌大自然，但一看見我，她隨即哈哈大笑（其實根本不是笑的時候），裝作好像沒看到我的樣子。我稍微走到遠處，偷偷地觀察她，只見她轉過身子，背著跟她談話的人打了兩次的哈欠……確實沒錯，她已對格魯希尼茨基厭倦了。我還要兩天不跟她說話。

六月三日

我常常問自己，何以我會如此執拗地追求一個我無意挑逗，也永遠不會跟她結婚的年輕女子的愛情？我像女人一樣賣弄風情，究竟所為何來？薇菈對我的愛永遠超過公爵小姐梅麗將來什麼時候可能愛我的程度。要是梅麗在我心目中是一位無法征服的美女，那或許，高難度的追求行動會讓我深深著迷……

但並不是這麼一回事！可見，這並不是那種騷動不安的愛情需求，那種需求在青春初期讓我們飽受折磨，也讓我們從一個女人轉到另一個女人，直到我們找到一個不能忍受我們的女人為止。於是，展開了我們的守恆定律——真正的永無極限的情慾，這種情慾按數學方法表示，就是一條由點出發向空間延伸的線，而永無極限的祕密在於它不可能抵達目的地，也就是它沒有終點。

我如此瞎忙一場究竟所為何來？是忌妒格魯希尼茨基？得了，可憐蟲一條！他根本不值得忌妒。或者是出於一種難以遏止的卑劣情感，這種情感驅使我們去毀滅旁人的美夢，好讓他在絕望之餘前來求教他應該相信什麼時，到時我們心懷幾分快感地告訴他：

「我的朋友，我自己也是一樣的遭遇，這你也看到了，不過，我還是安心地吃飯，安心地睡覺，甚至，我希望，我將能夠不哭不鬧地與世永別！」

說真的，能夠佔領一個年輕、含苞待放的心靈，真是無限的喜悅！年輕的心靈猶如一朵鮮花，迎著太陽第一道曙光散發最沁人心扉的芬芳。應該把握時機摘下她，盡情地吸取她的芳香，然後丟棄於路上。僥倖的話，還會有人把她撿去！我感覺到自己體內有種貪得無饜的饑渴，它吞噬人生路上所遇見的一切。我看待他人的辛酸與喜悅，只從自己的立場出發，把它們當作維持我心靈力量的糧食而已。我自己再也不會由於情慾衝動而喪失理智。我的虛榮心為環境所壓抑，但它又以另一種形式出現，因為虛榮心不外是對權力的渴望，而我最大的樂趣——就是要讓我周遭的一切屈服於我的意志之下。喚起別人對自己的愛戴、忠誠與畏懼——不正是權力的首要標誌與最大勝利嗎？雖然名不正言不順，卻又能成為別人辛酸與喜悅的原因——這豈不是我們自尊心最甜美的食糧？那麼，幸福是什麼？就是自尊心得到滿足。要是我以為自己比天下人都好、都強，我會很幸福；要是天下人都愛我，我會發現自己內心的愛取之不盡用之不竭。邪惡產生邪惡；最初的痛苦讓我們認識折磨別人的樂趣；要是一個人不願把邪惡付諸行動，邪惡的念頭是不會進入人的頭腦。思想是一種有機物，有人如是說，因為思想一旦產生，就具有形式，而這形式就是行動。一個人頭腦裡思想愈多，他的行動也會比別人多。如是之故，天才要是被束縛於辦公桌，他不是夭折就是發瘋，正如一個身強力壯的人飽食終日，無所事事，準會中風而亡。

情慾無非是思想發展的最初階段，是屬於青春的心靈。要是有人認為，我們終其一生都要為情慾而熱血滔滔，那他無異是個呆子。很多風平浪靜的河流都是起始於喧嘩的瀑布，但沒有一條河直到入海都是洶湧奔騰、水花四濺。這種寧靜往往標誌著一股潛藏而巨大力量。感情與思想一旦豐富與深邃就不容許瘋狂的衝動；靈魂無論是受苦也好，歡樂也罷，它對一切都明察秋毫，並確認理該如此。它知道，要是沒有雷雨，太陽恆久的酷熱將烤焦一切；它深刻體驗自己的生命，疼愛自己，也懲罰自己，就像對待自己親愛的孩子。唯有處在這種自我認知的最高境界，一個人才能領悟上帝的審判。

重讀這頁日記，我發現我離題太遠……不過，這有什麼要緊？……要知道，這日記我是為自己而寫，所以，凡是我所揮灑於其中的一切，隨著時間推移，都將會是我珍貴的回憶。

*

格魯希尼茨基來了，衝過來一把抱住我，——他晉升軍官了。我們喝了香檳酒。

魏爾納醫師隨後也到了。

「我不向您道賀，」他對格魯希尼茨基說道。

「為什麼？」

「因為士兵大衣跟您鑾搭配的，您得承認，在溫泉鄉這兒縫製的步兵軍官制服並不會讓您看起來更有意思……您瞧瞧，在此之前您一直與眾不同，而現在您跟大家都是一個樣兒。」

「說吧，隨您說吧，大夫！反正您不會掃我的興的。」格魯希尼茨基又湊到我耳邊說道，「他不知道，這個軍官肩章帶給我多少希望……哦，肩章啊，肩章！你上面的小星星，是為我指向光明之路的星星……哦，不！我現在簡直是太幸福了！」

「你跟我們一道去山坳那兒散步嗎？」我向他問道。

「我？在軍官制服做好前，我不會讓公爵小姐看見的。」

「你要我把你的喜訊跟她宣佈嗎？」

「不，請不要說……我要讓她驚喜……」

「不過，你倒是跟我說說，你跟她的事進行如何？」

他一陣尷尬，並陷入沉思。他想吹噓、想撒謊——但良心不安，不過，要實話實說，他又不好意思。

「你以為，她愛不愛你？」

「愛不愛？饒了我吧，畢巧林，你想到哪兒去？……哪能這麼快呀？……就算她愛吧，一個正正經經的女人也說不出口啊……」

「好吧！依你看，想必一個正正經經的男人對自己的情欲也應該三緘其口吧？……」

「唉，老兄！凡事總該講究章法。很多事不能言傳，只能意會……」

「說的也是……不過就算我們從女人眼波中看到了愛情，她又沒有義務要兑現，但是她們一旦說出口……當心啊，格魯希尼茨基，她可能是唬弄你的……」

「她？」他答道，舉目仰望天空，並志得意滿地笑笑，「我很可憐你，畢巧林！……」

他走了。

晚上大夥人一行出發走往窪地去。

據本地學者說法，這個山坳不過是一個熄滅的火山口，它位於瑪蘇克山的斜坡，離五峰城有一俄里路。有一羊腸小徑，穿過樹叢與山岩通往那兒。登山的時候，我把一隻手遞給公爵小姐，一路上她始終沒放開過。

我們的談話從論人是非開始。我把我們認識的人，不論在場或不在場，先是逐一數說他們的可笑之處，接著就數落他們的可惡之處。我的怒氣逐漸上升。我原先只是說說笑，到後來卻真的動了肝火。她起初聽得很開心，接著卻越聽越害怕。

「您是危險人物！」她對我說，「我寧願深陷叢林，落入兇手的尖刀下，也不願落入您的伶牙利嘴之中……。說真的，我求您，當您想說我的壞話時，到不如拿刀殺了我吧，——我想，這對您並不是難事。」

「難道我像個兇手嗎？」

「您比兇手更壞……」

我沉思半晌，接著裝成一副深受感動的樣子說道：

「沒錯，從小我的命運就是如此！大家都從我臉上看到這些壞品質的特徵，儘管那是莫須有的，不過，既然大家都這麼認定——這些品質也就產生了。我天性謙遜，人家卻指責我狡詐，於是我就變得把什麼事都藏在心裡。我善惡分明，卻沒人疼愛我，大家都羞辱我，於是我變得愛記仇。我從小悶悶不樂，別的孩子卻快快樂樂，有說有笑；我自認高人一等，人家卻視我低人一等；於是我變得愛忌妒。我有心去愛全世界，卻沒有人理解我，於是我學會怨恨。我的青春歲月就在與自己和世界的鬥爭中黯然度過；由於害怕譏笑，我把最美好的感情埋藏於內心深處，於是它們就在那兒死亡。我說真話，卻沒人相信，於是我開始說謊。通曉社會的人情世故之後，我變得處事圓熟，卻看到，有人不諳此道，也過得很快樂，並且毫不費力就享受到那些我煞費苦心去追求的好處，於是我心生絕望。這種絕望不是手槍槍口所能治療，這是一種冰冷、無力的絕望，它隱藏於親切的態度與和善的笑容之下。我成了精神上的殘廢。我一半的靈魂不存在了，它乾涸、蒸發、死亡，於是我把它割下拋棄了——至於另一半則在蠕動著，在為他人效勞而生活著，但這事卻無人注意，因為從來也無人知道，死去的一半曾經存在過。不過，您今天卻喚醒我內心對它的記憶，我就為您念了一段它的墓誌銘。一般而言，許多人覺得，墓誌銘很可笑，我卻不以為然，特別是想到安眠在墓誌銘底下的東西時。不過，我並不求您贊同我的意見。要是您覺得我的行徑可笑，那就笑吧！我向您預先聲明，這一點都不會讓我傷心難過。」

這瞬間，我看到她的眼眸：眼中滾動著淚珠；她的手臂靠著我的手臂，顫動著；兩頰緋紅；她在憐惜我呢！同情心——一種所有女人都如此輕而易舉地臣服的感情，已經把利爪伸進她涉世未深的心靈。散步的時間裡，她一直都若有所思，不跟任何人打罵說笑……這可是重大的訊號啊！

我們來到山坳。太太小姐都丟開自己的男伴，她卻沒放開我的手。本地紈褲子弟的俏皮話沒能引得她發笑，她所站立的懸崖絕壁也沒能讓她驚嚇，而別的小姐都已尖聲喊叫，閉上雙眼。

歸途中我並沒重提傷感的話題，但是對我言不及義的發問與笑話，她回應得很簡短，且心不在焉。

「您戀愛過嗎？」我最後問她。

她凝視著我，搖搖頭——再度陷入沉思。顯然，她想說些什麼，卻不知從何說起。她的胸口起伏不定……該怎麼辦？薄紗衣袖是脆弱的防禦，一道電流從我的手心傳遞到她的手。一切情慾幾乎都是如此開始，而我們往往欺騙自己，認為女人愛上我們是為了我們身體上或道德上的優點。當然，這些優點有助於讓女人心接受這把神聖之火，但無論如何，決定事情關鍵的還是最初的接觸。

「我今天很可愛吧，不是嗎？」我們散步歸來時，公爵小姐對我說道，臉上帶著不自然的微笑。

我們分手了。

她不滿意自己，她譴責自己的冷淡……呵，這是第一個、也是重要的勝利！明兒個她準會對我有所補償。對這一切我太瞭如指掌了——這也是無趣的原因！

六月四日

今天我見到薇菈。她的醋勁讓我吃足苦頭。公爵小姐想必是心血來潮，向她傾吐了自己的心事。不得不承認，真是會挑人！

「我琢磨著，這一切所為何來，」薇菈對我說道，「不如現在你乾脆告訴我，你愛上她好了。」

「不過，要是我不愛她呢？」

「那何必追求她，挑逗她，害得她胡思亂想的？……呵，我太了解你了！聽著，如果你要我相信你，那一星期後，你就到基斯洛伏德斯克。後天我們就要搬到那兒去。公爵夫人會在這兒多待些日子。你到旁邊租個房子。我們將會住在靠近溫泉的一棟大宅的閣樓，樓下會住李戈夫斯卡雅公爵夫人。隔壁還有一間房子，同一個房東，還沒租出去……你去嗎？……」

我答應了——當天就打發人去租下那間寓所。

格魯希尼茨基於晚上六點鐘來到我這兒，說他的軍官制服明天就會做好，剛好趕上舞會。

「我終於可以跟她跳上整個晚上了……這下要聊個痛快！」他又加了一句。

「舞會是什麼時候？」

「就在明天！難道你不知道？這可是場盛會，本地首長發起的……」

「我們到林蔭大道走走吧……」

「不行，穿這身討厭的大衣絕不去……」

「怎麼，你不喜歡它了？……」

我一個人走了。遇見了公爵小姐梅麗，我便邀請她跳瑪祖卡舞。她顯得又驚又喜。

「我還以為，您是萬不得已才跳舞，跟上回一樣，」她說道，笑得風情萬種。

她似乎根本沒注意格魯希尼茨基在不在。

「明天您會有意外的驚喜，」我對她說。

「什麼事？……」

「這是祕密……在舞會上您自己會發現。」

這個晚上我在公爵夫人家度過。沒有什麼客人，除了薇菈和一個很滑稽的小老頭外。我心情很好，即興地瞎掰各式各樣的奇聞妙事。公爵小姐坐在我對面，聽著我的瞎說胡扯，一副聚精會神、深情款款的神情，讓我都覺心虛。她的活潑，她的風情，她的任性，以及她刁蠻的表情，她視人如無物的笑容與漫不經心的眼神，而今何在？……

薇菈把這一切都看在眼裡。她那帶病容的臉上露出深深的憂鬱；她坐在窗戶旁的陰影中，身子陷入寬大的扶手椅中……我開始同情她了……

於是我當眾談起我跟她相識、進而相戀的悲劇性故事，——當然，這一切都用虛構的名字說出。

我活靈活現地娓娓道來，我的柔情，我的惶恐，還有我的喜悅。我把她的舉止與個性描繪得盡善盡美，讓她不由得不原諒我跟公爵小姐的曖昧。

她站了起來，落坐在我們前面，人顯得有生氣多了……直到深夜兩點，我們才想到，醫生吩咐她要在十一點鐘就寢。

六月五日

舞會前半個小時，格魯希尼茨基出現在我家，一身光鮮亮麗的步兵軍官制服。制服第三顆鈕扣上繫著一條青銅鏈子，鏈上掛著一副雙筒帶柄眼鏡；大得不可思議的肩章往上翹著，活像愛神的翅膀。他的長靴嘎吱嘎吱作響；左手拿著一雙褐色軟羊皮手套與一頂軍帽，右手不停地把額前燙過的一綹長髮捻成幾撮細鬈。他一臉的躊躇滿志，同時又有點缺乏自信。要是我逞一時之快的話，看他喜氣洋洋的外表與自命不凡的德行，我就要捧腹大笑起來。

他把軍帽與手套扔在桌上，動手拉平制服的後襬，並在鏡前整理儀容。一條大黑巾纏著極高的領帶襯，領帶襯的鬃毛抵住他的下巴，大黑巾露在領子外足足有半俄寸❻⓿；他嫌露得不夠，猶自往上朝耳朵拉扯。這項工作可不輕鬆，因為制服領子又緊又不舒服，因此拉扯得他滿臉漲紅。

「聽說，這幾天你對我的公爵小姐窮追不捨？」他一副毫不在乎地說道，對我不看一眼。

「我們這些呆子哪配喝什麼茶呀！❻❶」我答道，引用的是過去一位最精靈古怪的

❻⓿ 一俄寸約等於4.44公分。

❻❶ 這句話的意思近似漢語俗話：「癩蛤蟆想吃天鵝肉！」。

浪子所喜愛的名言，這位浪子曾為普希金所歌頌過[62]。

「你倒說說，這套制服穿在我身上，好看不好看？……唉，這該死的猶太人！……胳肢窩底下是怎麼剪裁的！……你有香水嗎？」

「饒了我吧，你還想幹嘛？你身上散發的玫瑰香膏的味道已夠濃了……」

「不要緊，拿來吧……」

他在領帶、手帕與袖子上倒了半瓶香水。

「你要跳舞嗎？」他問。

「不想。」

「我怕我得跟公爵小姐帶頭跳瑪祖卡舞，可我幾乎連一個步型都不會……」

「那你約了她跳瑪祖卡舞嗎？」

「還沒……」

「當心，別讓人搶先你一步……」

「是嗎？」他敲了一下腦門說道，「再見……我到門口等她。」他抓起帽子便跑了。

半個鐘頭後我也出發了。街上黑暗而冷清。俱樂部，或者說是酒館也可以，四周擠滿了人，窗子裡燈火通明，晚風把軍樂聲傳送到我耳裡。我慢慢地走著，心中一陣悲哀……我想著，難道我在世上唯一的使命就是破壞別人的希望？打從我活在世上，並具行動能力以來，不知怎的，命運之神總是讓我捲入別人悲劇的結局當中，宛如沒有我，沒有人會死亡，沒有人會陷於絕望！我是第五幕劇不可或缺的人物❻❸，我身不由己扮演劊子手或背叛者的可憐角色。命運如此安排，目的何在？……我是命中註定要當通俗悲劇或家庭愛情劇的作者呢，還是諸如《讀者文庫》❻❹之類小說的撰稿人？……知道做啥？……許多人在生命之初幻想著要像亞歷山大大帝或拜倫勳爵一樣轟轟烈烈終其一生，結果卻當了一輩子的九品文官❻❺，這樣的人還會少嗎？……

❻❷ 本文中所提的那位浪子是普希金的朋友驃騎兵軍官卡維林（P. P. Kaverin, 1794-1855）。普希金曾在他的名著《奧涅金》中提及此人。

❻❸ 歐洲古典劇一般都分五幕，因此第五幕是結局的一幕。

❻❹ 此處所提的《讀者文庫》是一綜合性月刊，於 1834 年至 1865 年間發行於俄國聖彼得堡，文章多具通俗之小市民趣味。

❻❺ 舊俄時期，文官分十四品，以一品為最高，十四品最低。此處所提的第九品雖然不是最低，卻也是低級文官終其一生所能晉升的最高層級。

我一走進大廳，便藏身於男人群中，開始觀察。格魯希尼茨基站在公爵小姐身旁，談著什麼，一副興高采烈的樣子。公爵小姐則聽得心不在焉，不住地東張西望，並把扇子放到唇邊；她臉色露出不耐的神情，眼睛四下找尋著什麼人。我悄悄地從後面走過去，想要偷聽他們的談話。

「您這是在折磨我，公爵小姐！」格魯希尼茨基說道，「我沒見您的這些日子來，您變得很多……」

「您也變了，」公爵小姐答道，迅速地瞥了他一眼，他卻沒能看出這眼神中隱含著嘲笑。

「我？我變了？……哦，決不會！您知道，這是不可能的！誰只要看您一眼，他就永難忘懷您那天仙般的容顏。」

「別說啦……」

「不久前您還常常聽得津津有味，何以現在不想聽了？……」

「因為我不愛聽老調重談，」她笑著回答……

「啊，我真大錯特錯！……我這呆子還以為，至少這肩章會給我希望的權利……不，我還是一輩子穿著那件讓人瞧不起的士兵大衣好了，或許，我是多虧了它才獲得您的青睞的……」

「不錯，那件大衣更合適您……」

這時候，我走了過去，向公爵小姐行了個禮，她微微臉紅，並很快說道：

「不是嗎，畢巧林先生，格魯希尼茨基先生穿著灰色大衣合適多了？……」

「我可不以為然，」我答道，「穿著軍官制服，他看起來更年輕了。」

格魯希尼茨基無法承受如此一擊，他跟所有毛頭小伙子一樣，希望自己看起來老成穩重。他以為，他臉上的一往深情可以替代年齡的烙印。他忿然向我投以一瞥，跺一下腳，走開了。

「您得承認，」我對公爵小姐說道，「儘管他一向可笑，他不久前穿著那套灰色大衣……，不是還讓您覺得怪有趣嗎？……」

她垂下雙眼，默不作答。

格魯希尼茨基整個晚上都跟在公爵小姐身邊，不是跟她跳跳舞，就是跟她 vis-à-vis ⑯。他貪婪地緊盯著公爵小姐，唉聲歎氣，不斷地懇求與責怪，讓公爵小姐都厭煩了。卡

⑯ 法文，表示：「面面相對」。

德利爾舞跳到第三回時，她甚至已痛恨起格魯希尼茨基。

「我沒料到你來這一招，」他朝我走了過來，抓住我的胳膊說道。

「什麼事？」

「你要跟她跳瑪祖卡舞？」他語帶激昂地問道。「她對我都坦白說了。」

「哦，那又如何？難道這會是什麼祕密嗎？」

「那還用說……我早該料到這小妮子……這騷娘們……此仇非報不可！」

「這該怪自己的士兵大衣或自己的肩章，何苦責怪她呢？她不再喜歡你，這能算她的錯嗎？……」

「那她何必讓人抱希望？」

「那你當時又何必抱希望呢？都是心中有所企盼，有所求啊——這我很清楚，誰又會強抱希望呢？」

「這回算你贏，不過還未成定局！」他說道，憤恨地笑著。

瑪祖卡舞開始了。格魯希尼茨基只選定公爵小姐一人跳舞，別的男士也不停地邀請她，這顯然是對付我的陰謀。這就更妙了，她想和我談話，別人在一旁阻擾，讓她更想了。

我兩次握了她的手，第二次時，她把手抽回，不言一語。

「今夜我怕要睡不好覺了，」當瑪祖卡舞結束時，她對我說道。

「這都該怪格魯希尼茨基不好。」

「哦，不！」她的臉一副若有所思，又如此憂鬱，於是我決定今晚一定要親吻她的手。

客人漸漸散去。我扶公爵小姐坐上馬車，我快速地把她的小手貼在我的嘴唇上。這時天色很暗，沒有人看得到。

我回到大廳，對自己很是滿意。

許多年輕人正圍著一張桌子吃飯，格魯希尼茨基也在其中。當我走了進來，大家便沉默不語，顯然他們剛才正談論著我。很多人打從上次舞會起就一直對我不滿，尤其是龍騎兵上尉，而現在在格魯希尼茨基帶領下，更是形成一幫人對我充滿敵意。這時只見格魯希尼茨基一副驕傲又英勇的神情……

我高興得很。我愛敵人，雖然不是按照基督教的精神。敵人讓我開心，讓我熱血沸騰。須要隨時保持警覺，捕捉每個眼神，琢磨每句話，揣測企圖，揭穿陰謀，假裝上當，再出其不備地猛然一擊，一舉瓦解敵人處心積慮所營造的宏圖大業，——這就是我所謂的快意人生。

整個晚餐時間，格魯希尼茨基一直與龍騎兵上尉交頭接耳，互遞眼色。

六月六日

今天早上薇菈跟她的丈夫前往基斯洛伏德斯克。我遇見他們的馬車，這時我正要去李戈夫斯卡雅公爵夫人家裡。她向我點個頭，眼神中帶有責怪之意。這能怪誰？何以她不願給我與她單獨見面的機會？愛情如火，——缺了燃料就會熄滅。或許，忌妒能做到我的請求所做不到的事情。

我在公爵夫人家裡待了整整一小時。梅麗沒有露面，——她病了。晚上她也沒出現在林蔭大道。再度集結的那幫人都佩戴著長柄眼鏡，真的一副來勢洶洶的樣子。我很高興公爵小姐病了，要不然這幫人可能會對她有莽撞無禮的舉動。格魯希尼茨基頭髮散亂，眼神絕望；看來，他真的很難過，特別是他的自尊心受到傷害。不過，就是有這種人，他們就連絕望都是那麼滑稽可笑！……

回家路上，我覺得恍然若失。我沒見到她！她生病了！難道我會是真的愛上她嗎？……真是胡扯！

六月七日

早上十一點鐘，——這時間李戈夫斯卡雅公爵夫人通常正在葉爾莫洛夫澡堂揮汗如雨。我走過她的房子。公爵小姐若有所思地坐於窗口，一見到我，便跳起身來。

我走進穿堂，不見一人。於是我按照當地習慣，自由自在地，未經通報就直闖客廳。

公爵小姐漂亮的臉蛋浮現著一抹黯淡的蒼白。她站立在鋼琴旁邊，一手支撐在安樂椅的椅背，這隻手微微地顫動著。我悄悄地走到她跟前說道：

「您生我的氣呀？……」

她舉起慵懶的眼神，深深地瞅我一下，搖了搖頭，嘴裡想說些什麼——卻欲言又止，眼中噙著淚水。她頹然落坐於安樂椅，兩手掩面。

「您怎麼了？」我握起她的手說道。

「您不尊重我！……哦！您走開！……」

我後退幾步，握住門把，說道：

「請原諒我，公爵小姐！我的行為舉止像個瘋子……下次這不會再發生了，以後我自有分寸……直到現在發生在我心靈的事情，您何必知道？這些事您永遠不會知道了，而且這對您更好些，再會吧。」

離去的時候，我似乎聽到她哭泣的聲音。

我在瑪蘇克山附近徘徊直到黃昏，精疲力盡，一進家門，便倒身在床，簡直是累癱了。

魏爾納卻找上門來。

「您要跟公爵小姐梅麗結婚，這是真的嗎？」他問道。

「什麼？」

「全城都這樣說。我的病人個個在關心這項重大消息，呵，這些病人就是這樣子，無所不知！」

「這是格魯希尼茨基搞得鬼！」我心裡想。

「大夫，為了證明傳言有誤，向您透露一個祕密，明天我就要搬去基斯洛伏德斯克……」

「那公爵夫人也去？……」

「不，她還會在這兒多逗留一個禮拜……」

「那您就不結婚啦？……」

「大夫呀，大夫！您瞧瞧我，我看起來有新郎官的樣子嗎？」

「我不是說這個……不過您知道，總有這種情況……」他又說道，笑容很狡猾，「一個再高貴的人也有非結婚不可的時候，至少有些做媽媽的防都沒防到這一著呢……所以啊，我們朋友一場，我勸勸您可得多當心點。這兒溫泉鄉的空氣危險得很哪！我看過多少大好青年，本應有更好的命運，卻離開這兒直奔婚禮去了……甚至，說來您或許不信，有人還想跟我結婚呢！縣裡有個做媽媽的，她的女兒面色蒼白無比。偏偏我跟這位媽媽說，結婚後她女兒面色就會恢復紅潤，於是她感激得流著眼淚，要把女兒許配給我，還加上她全部財產——大概是五十個農奴吧！不過，我卻回說，這事我可無能為力……」

魏爾納自以為已經對我警告在先，便自信滿滿地離去。

從他的話裡我得知，有關我跟公爵小姐的各種流言蜚語已傳遍城裡。這絕不能放過格魯希尼茨基！

六月十日

我到基斯洛伏德斯克已有三天了。我每天在水井邊和散步時都會看到薇菈。早晨一醒來，我就坐到窗口，拿起帶柄眼鏡望向她家陽台。她早已梳裝完畢，等候著約定的暗號。從我們的屋前往下通到水井的花園裡，我們故做不期而遇的樣子。山中清爽的空氣讓她恢復了紅潤的臉色與元氣。怪不得納爾贊礦泉[67]號稱為「勇士之泉」。本地居民言之鑿鑿，基斯洛伏德斯克的空氣很適於談戀愛；所有發生於瑪蘇克山麓的浪漫故事，都在這裡圓滿收場。的確，這裡一切都與世隔絕，一切都充滿神祕——不論是菩提小徑的濃蔭，這些小徑蜿蜒在一條水聲喧譁、水花四濺的流水之上，流水則從一塊石板到一塊石板地往下沖，在青蔥蔥的山嶺間開闢出一條水道；還是瀰漫霧氣的沉靜峽谷，峽谷分支密佈，由此奔向四方；不論是芬芳而清新的空氣，這空氣中洋溢著南方茂草與洋槐的蒸發氣息；還是那冷冽山澗長年不絕、甜美得催人入眠的淙淙水聲，這些山澗既祥和又競逐地奔流，交會於山谷末端，最後注入波德庫莫克河。這一端的峽谷較為寬闊，形成一片翠綠的凹地，其間蜿蜒著一條塵土飛揚的道路。每回我打此路望去，總覺得有輛馬車奔馳而來，車窗中露出一張白裡透紅的小臉蛋。然而，有多少馬車從這條大道呼嘯而過，——那輛馬車卻始終未出現。位於要塞後面的村落住滿了人家；在山岡上有一家餐館，離我住處僅幾步遠，每到入夜時分，透過兩行白楊樹，可以看到燈火閃爍，喧譁的人聲與杯觥交錯的聲音不絕於耳，直至深夜。

沒有什麼地方像本地一樣，喝起卡赫齊亞葡萄酒與礦泉水喝得如此之多。

把這兩種玩意兒混在一起
這類人何其多——我卻不在其中。[68]

67 納爾贊（narzan），卡巴爾達語，指的是北高加索的基斯洛伏德斯克等地的礦泉，原意是「勇士之泉」。納爾贊也可指這些地區所產的礦泉水，屬碳酸性質，據說有醫療效果。

68 引用自俄國劇作家格里包耶陀夫（A. S. Griboyedov, 1795-1829）的著作《聰明誤》，這是男主人翁恰茨基所說的話，不過引文與原文略有出入。

格魯希尼茨基跟他那幫人天天都在酒館裡吵吵鬧鬧，跟我幾乎不打招呼。他昨天才到這兒，但已經和三個老頭兒吵過架，只因為他們想先他使用浴池。顯然，感情上的不得意讓他變得好鬥。

六月十一日

她們終於來了。我坐在窗口，一聽到她們轆轆的馬車聲，我的心頭一顫……這是怎麼回事？難道我墜入情網了？我天生糊塗，這事在我身上有可能發生的。

我在她們家吃午餐。公爵夫人十分溫柔地看著我，也不曾離開過女兒……不妙！薇菈卻為我吃公爵小姐的醋，我竟有如此之福份！女人為了刺傷情敵，什麼事做不出來？我記得，曾經有個女人會愛上我，就只是因為我另有所愛。天下沒有什麼比女人的心思更弔詭的：無論什麼事要說服女人是很困難的，我們只能想辦法讓她們自己說服自己；她們用來破除自己偏見的一套論證方法很具獨創性；要學會她們的辯證法，我們腦袋裡必須推翻所有學校的邏輯法則。比方說吧，一般的推理方法是：

「這個人愛我；但我已嫁人；因此，我不應愛他。」

女人的推理方法卻是：

「我不應愛他，因為我已嫁人；但他愛我，——因此……」

接著便是幾個虛點的省略號，因為理性已無話可說，說話的多半是：舌頭、眼睛，隨後便是心，如果還有這玩意兒的話。

要是哪天我這些日記落到女人眼裡，又將如何？她們一定會氣得高聲大叫：「全是誹謗！」

打從有詩人作詩和有女人讀詩以來（為此向女性致上最深的感謝之意），她們已不知有多少次被稱頌為天使，而她們單純的心靈竟把這種阿諛之辭當真，卻忘記同是這些詩人，曾經為了錢財也把尼祿王69捧為神人……

若謂我如此談論女人是心懷怨恨，並不恰當。除了女人外，在這世上我一無所愛，我隨時都準備為女人犧牲安寧、功名、生命……我竭力從她們臉上扯下那蠱惑人心、

69 尼祿（Nero Claudius Caesar Augustus Germanicus, 37-68），羅馬帝國末代皇帝，一般被視為歷史上著名的暴君之一。

只有老經驗的眼睛才能看穿的面紗，既不是由於急怒攻心，也不是因為自尊受損。絕不是，我所談到關於她們的一切只是出於：

頭腦冷靜的觀察

以及心靈悲傷的感受。[70]

女人應該希望，天下男人都像我一樣了解她們，因為打從我不害怕她們，並看透她們任何枝微末節的弱點以來，我更加百倍地愛她們。

順便一提，日前，魏爾納把女人比之為《被解放的耶路撒冷》中塔索[71]筆下的迷幻森林。「你才一靠近，」他說，「上帝保佑啊，從四面八方朝你迎面而來的是各種可怕的事物——責任、驕傲、禮儀、輿論、嘲笑、輕蔑……你只要不理不睬，勇往直前，於是這些怪物就漸漸消失，並在你面前展開一片寧靜而明亮的草地，其間，翠綠的香桃木鮮花怒放。要是你開頭幾步心驚膽跳，轉身便退，那你就大難臨頭啦！」

六月十二日

今晚發生了好多事情。離基斯洛伏德斯克三俄里處，波德庫莫克河穿越其間的峽谷裡，有一山崖，叫做「指環」，這是一道天然形成的門戶，聳立於高高的山崗上，每當夕陽西下，都會透過這扇門戶，投給這世界火焰般的最後一瞥。我們一行多人結伴騎馬到此，透過這扇石窗觀賞日落。不過，說句實話，我跟公爵小姐誰心中也沒想過太陽。我和她並轡而行；回家路上，我們必須涉水越過波德庫莫克河。山間河水雖然水淺，卻也危險，特別是河底簡直就是萬花筒，千變萬化：由於急流沖刷，河底天天發生變化；昨天有石頭的地方，今天卻是窟窿。我握住公爵小姐坐騎的轡頭，把馬帶到深不及膝的水中。我們開始斜斜地逆著水流，緩緩而行。誰都知道，當涉水越過急流時，千萬不可低頭下望流水，因為一瞧，馬上就會頭暈目眩。我忘記事先提醒公爵小姐梅麗。

⑳ 引用自普希金的著作《奧涅金》。

㉑ 塔索（Torquato Tasso, 1544-1595），義大利文藝復興時期著名詩人，作品對歐洲文學有重大影響。他的長詩《解放的耶路撒冷》完成於一五八一年。

我們已來到急流中央，正是水流最湍急處，這時她身子突然在馬鞍上搖晃一下。「我頭暈！」她聲音微弱地說……我急忙向她俯下身子，一手摟住她柔韌的腰身。「往上瞧！」我對她輕聲說道，「沒關係，就是不要怕，有我在您身旁。」

她好些了，想要從我的手臂掙脫，我卻把她嬌柔、軟綿的身子摟得更緊。我的臉頰幾乎貼到她的臉頰，她的臉傳來陣陣火熱。

「您要拿我怎麼樣？……我的上帝！……」

我顧不得她的顫抖與困窘，我的嘴唇接觸到她嬌嫩的臉頰，她渾身顫動一下，不過什麼話也沒說。我們騎在大夥後面，因此誰也沒看到這一幕。我們好不容易才登上岸邊，大夥兒已騎馬快步跑走。公爵小姐勒住馬，我也停在她身旁。顯然，我的沉默讓她不安，不過我暗自發誓不說一句話——這是出於好奇。我倒要瞧瞧，她如何擺脫這種尷尬局面。

「您不是不把我放在眼裡，就是很愛我！」她終於說出口，聲音卻哽咽。「或許，您是要戲弄我，攪亂我的心，然後把我遺棄……這該是多麼卑鄙，多麼下流呀，但願這只是猜想……哦，不會的！不是嗎？」她又說了，聲音中帶著甜蜜與信任，「我身上並沒有什麼可以讓人瞧不起的，不是嗎？至於您放肆的行徑……我應該，我應該原諒您，因為是我允許的……您回答呀，說說話吧，我要聽聽您的聲音！……」最後幾句話流露女性的那股急躁勁兒，我不禁失笑，幸虧天色漸黑……我一句不回。

「您還是不作聲嗎？」她繼續說，「您或許要我先對您說我愛您吧？……」

我仍不發一語。

「您想要這樣嗎？」她繼續說，快速轉身向我……她那堅定的眼神和語氣中有種可怕的東西……

「何必呢？」我聳聳肩膀答道。

她揚鞭抽馬，在狹窄的危路上放馬奔馳。這一切發生得如此之快，讓我一時追她不及，追上時，她已經和其他人跑在一塊了。她不時有說有笑，一路到家。她的行為舉止顯得異常亢奮，對我卻不看一眼。大家都察覺到她異乎尋常的歡樂情緒。公爵夫人瞧著女兒，打從心裡高興；其實女兒不過是一時情緒激動，她可要整夜失眠，哭泣不已。想到這兒，我內心無限歡喜，有時我很能體會吸血鬼[72]的感覺……我居然還被

[72]《吸血鬼》（Vampire）一書，於1819年在英國出版，據說，本書由身為醫生的波利多里（John William Polidori）根據拜倫口述，再加工整理撰寫而成。後來本書被翻譯成俄文，於1828年在俄國出版，並盛行一時。

公認是好心的小伙子，而我也拼命在追求這項稱號呢！

下馬後，女士們都到公爵夫人家裡。我情緒未定，繼續往山裡疾馳而去，以排解腦中紛亂的思緒。夜裡露珠點點，散發醉人的涼意。月亮從黑沉沉的山頭升起。我的馬兒沒安上馬蹄鐵，每走一步，低沉的蹄聲便響徹寂靜的山谷。我讓馬兒在瀑布旁痛飲一番，我則貪婪地呼吸兩口南方夜晚清涼的空氣，便走上歸途。我騎經村落，燈火漸漸從窗口暗去，要塞圍牆上的哨兵與查哨的哥薩克兵拉長聲音吆喝著，互相呼應……

村落裡有一間屋子，蓋在峭壁邊上，我發現裡面燈火特別明亮，並不時傳來混亂的說話聲與叫喊聲，顯然有軍人聚餐。我下馬，悄悄走近窗口。護窗板關得不是很緊密，我可以看到飲宴中的人們，並清楚聽到他們的談話。他們正談論到我呢。

龍騎兵上尉在酒酣耳熱之際，拳頭往桌上一敲，要大家聽他說話。

「各位！」他說道，「這太不像樣了。畢巧林這傢伙，應該教訓教訓！彼得堡這些乳臭未乾的小子，要是不把他們的鼻子打扁，就是一副趾高氣昂的！他老是戴著白淨淨的手套，穿著亮晶晶的靴子，還以為，只有他在上流社會混過。」

「他笑起來一副目中無人的樣子，不過，我敢說他一定是個膽小鬼，不錯，就是膽小鬼！」

「我也是這麼認為，」格魯希尼茨基說道。「他對什麼事都嘻皮笑臉的。有一回我跟他說了這樣的話，換做別人早就當場把我一刀砍了，而畢巧林還是把它當玩笑看。我當然沒去招惹他，因為這是他的事，再說我也不願意跟他有任何瓜葛……」

「格魯希尼茨基對他心懷怨恨，因為畢巧林從他手裡搶走公爵小姐。」有人說道。

「虧您想的出來。不錯，我追過公爵小姐，但很快就放棄了，因為我不想結婚，而損毀女孩子的名聲又不符合我做人做事的原則。」

「我敢向你們保證，他是頭號的膽小鬼，我是說畢巧林，不是格魯希尼茨基，——哦，格魯希尼茨基是條好漢，他同時也是我的真心好友！」龍騎兵上尉又說話了。「各位！在座有沒有人要為畢巧林辯護？沒有人？那更好！那要不要試試他的膽量？這可讓我們大家開開心……」

「我們是要，可是該怎麼辦？」

「那你們聽著。格魯希尼茨基特別氣他，——那他來當第一要角！他拿什麼蠢事去找個碴，並向畢巧林要求決鬥……等等，花樣就在這兒……向他要求決鬥，好極了！所有這一切——挑戰啦、籌劃啦、條件啦——都要儘可能鄭重其事，越嚇人越好，——這一切我來辦，我也擔任你決鬥副手，我可憐的朋友！好極了！花樣就在這兒：我們在手槍中不裝子彈。我向你們保證，畢巧林一定膽怯，——我讓他們離六步距離，見鬼的！同意嗎，各位？」

「這想法太妙了！同意！幹嘛不同意？」四下一片叫好。

「那你呢，格魯希尼茨基？」

我全身戰慄，等待著回答。要不是這次碰巧撞上，我可要成為這群混蛋取笑的對象。一想到這，我心生一股森冷的恨意。如果格魯希尼茨基表示不同意，我準會衝向前去擁抱他。然而，他思考半晌，便從座位站起，向上尉伸出手，傲然地表示：「好，我同意。」

這群正派人士如何欣喜若狂，真是筆墨難以形容。

我回到家裡，內心有種截然不同的感情洶湧翻騰。首先是悲傷。「為什麼他們都怨恨我呢？」我心裡想著。「為什麼？我是否得罪什麼人？沒有啊。難道我是光看外表就惹人厭的那種人？」此外，我感到一股惡毒的恨意漸漸充滿我心靈。「當心點，格魯希尼茨基先生！」我在屋裡來回踱步說著。「可別跟我開這種玩笑。你贊同那些愚蠢的朋友，你就得付出昂貴的代價。我可不是讓你隨意擺佈的玩具！……」

我一夜無眠。天快亮時，我的臉色黃得像酸橙。一大早我在水井邊碰到公爵小姐。

「您病了？」她說道，雙眼凝視著我。

「我一夜沒睡。」

「我也是……我責怪您了……或許是錯怪您啦？但您只要解釋清楚，我一切都能原諒您……」

「一切嗎？……」

「一切……只要您實話實說……只要您快一點……您知道，我左思右想，努力為您的行為解釋與辯護。也許，您擔心我家人方面會有阻礙……這不要緊，要是他們知道了……（她的聲音顫抖起來）我會懇求他們。或者是您自身的處境……不過，您知道，我可以為我所愛的人犧牲一切……哦，快回答我呀，您就可憐可憐我吧……您沒有看輕我，是嗎？」

她握住我的手。

公爵夫人跟薇菈的丈夫走在前面，什麼也沒瞧見，但是那些散步的病患可以看得見我們，他們可是最愛探人隱私、最愛搬弄是非的人，於是我連忙把手從她熱情的緊握中抽了回來。

「我告訴您所有的實情，」我回答公爵小姐，「我不作辯解，也不對自己行為作說明。我並不愛您。」

她的雙唇微微發白……

「您走吧，」她的聲音幾乎聽不見。

我聳聳肩，轉身便走。

六月十四日

有時我瞧不起自己……是不是因此我也瞧不起別人呢？……對於高貴的熱情我已無能為力；我害怕讓自己覺得可笑。換了別人，恐怕會向公爵小姐獻上 son coeur et sa fortune[73]。但是，結婚這個詞對我有種魔力：不論我是如何熱情地深愛著一個女人，只要她讓我感到我應該娶她，——那麼，再會吧，愛情！我的心就會變成石頭，並且怎麼都無法讓它的熱情重新燃燒。除了這件事外，我什麼都可以犧牲，我可以一連二十次拿我的生命，甚至榮譽，孤注一擲……但決不出賣自己的自由。為何我如此珍惜自由？我從中又能得到什麼？……我準備何去何從？我對未來有何期待？……說真的，什麼都沒有。這是一種與生俱來的恐懼，一種無法解釋的預感……要知道，有人就是莫名其妙地害怕蜘蛛、蟑螂、老鼠……要我實話實說嗎？……在孩提時代，有個老太婆當著我媽媽的面替我算命；她預言我會死於惡妻之手；當時這讓我震驚不已。於是，我內心深處對結婚產生無以克服的反感……同時，隱隱約約有個聲音告訴我，她的預言將會應驗；因此，至少我會努力而為，讓它愈晚應驗愈好。

六月十五日

昨日魔術家阿普費爾巴姆來到此地。飯店門口出現一張長長的海報，告知最可敬的社會大眾，上述那位神奇的魔術家，也是雜技家，又是化學家與光學家，將於今晚八時在貴族俱樂部（也就是飯店內）隆重演出，票價每張二個半盧布。

大家都有意去看看這位神奇的魔術家，甚至李戈夫斯卡雅公爵夫人也顧不得女兒

㉝ 法文，表示：「他的心與命運」。

生病，給自己弄到一張票。

今天午飯後，我經過薇菈的窗口，她一個人坐在陽台；一張便條落在我腳下：

「今晚九點多時，走大樓梯，到我這兒來。我丈夫去了五峰城，明早才會回來。我的男女僕人都不會在家，我給了他們每人一張票，公爵夫人的僕人也給了。我等你，務必要來。」

「啊哈！」我心裡想，「終於一如所願。」

八點時刻我去看魔術。觀眾近九點才坐齊，於是表演開始。我認出，薇菈與公爵夫人的男女僕人都坐在後面幾排，一個個全部到齊。格魯希尼茨基坐在第一排，拿著帶柄眼鏡。魔術家每回需要手帕、手錶、戒指或什麼東西的，都會向他要。

格魯希尼茨基已有好一段時間不跟我打招呼了，而今天用相當放肆的眼神瞄了我兩次。哪天我們算總帳的時候，他一定會記起這一切。

近十點時，我站起身走了出去。

外面一片漆黑，幾乎伸手不見五指。沉重而寒冷的烏雲籠罩著四周的峰頂；偶爾吹來一陣微風，吹得飯店四周的白楊樹梢沙沙作響；飯店窗外擠滿了人。我走下山，一轉彎進入大門，便加快腳步。忽然，我覺得有人跟在後面。我停下腳步，四下探望。

黑暗中什麼都看不清楚，為了謹慎起見，我故作散步狀，在屋子周圍繞了一圈。經過公爵小姐窗口，我再度聽到身後有腳步聲。接著，有個緊裹著大衣的人從我身旁跑了過去，這讓我心生不安。不過，我還是偷偷溜上台階，匆匆跑進黑暗的樓梯。門開著，一隻纖纖小手抓住我的手……

「沒有人看見你嗎？」薇菈貼近我，輕聲說道。

「沒有！」

「現在你總相信我愛你吧？唉，我猶豫了許久，痛苦了許久……但這會兒我可以聽任你擺佈了。」

她的心激烈跳動，雙手冰冷。於是開始了一連串的責備、吃醋、抱怨，——她要求我對她一切坦白，又說她對我的背叛將會逆來順受，因為她唯一的希望就是我的幸福。這話我不大相信，因此，為安她的心，我還是作了不少的誓言、承諾等。

「那麼你就不跟梅麗結婚了嗎？不愛她嗎？……而她還以為……知道嗎，她愛你愛得發瘋啦，可憐的姑娘！……」

*

約莫午夜兩點，我打開窗戶，把兩條披肩綁在一起，扶著柱子從上層陽台滑到下層陽台。公爵小姐屋裡燈還亮著。一種莫名的力量把我推到她窗前。窗簾並未完全拉上，於是我好奇地往房裡瞧。梅麗坐在床上，雙手交叉放在膝蓋上；她那濃密的頭髮攏在花邊睡帽底下，白皙的雙肩蓋著一條大紅圍巾，一雙玲瓏小腳藏在色彩斑斕的波斯便鞋裡。她一動也不動地坐著，頭垂胸前。面前的小桌上擺著一本打開的書，但她兩眼凝然不動，充滿著莫名的哀愁，看來，已在書本同一頁瀏覽上百次，思緒卻飛到遙遠的地方……

這時，樹叢後有人微微動了一下。我從陽台跳到草地。不知從何處伸出一隻手，抓住我的肩膀。

「啊哈！」一個刺耳的聲音說道，「逮到了！……看你還敢三更半夜來找公爵小姐她們……」

「把他抓緊點！」另有一人從角落竄出，大聲嚷道。

這正是格魯希尼茨基和龍騎兵上尉。我朝龍騎兵上尉的腦袋便是一拳，把他打倒在腳下，然後竄進樹叢。我們房前緩坡上的各條花園小徑我再熟悉不過了。

「有賊啦！來人啊！……」他們大喊。槍聲傳來，冒煙的彈塞幾乎落在我腳上。

一分鐘後，我已回到自己屋裡，脱掉衣服，躺下床去。我的僕人才剛鎖上門，格魯希尼茨基和上尉就來敲我的門了。

「畢巧林！您睡了嗎？您在嗎？……」上尉喊道。

「我睡啦，」我怒氣沖沖地回答。

「起來吧！有賊呀……契爾克斯人。」

「我有鼻炎，」我答道，「我怕會感冒。」

他們走了。我真不該答理他們，這樣他們準會在花園裡找我找上個把鐘頭。此時，外面是人心惶惶。一位哥薩克兵從要塞騎馬趕來。眾人一片嘩然，開始在所有樹叢裡搜索契爾克斯人——當然，是一無所獲。不過，確實有很多人深信不疑，要是警備隊能英勇點、俐落點，至少會有二十來個匪徒被當場逮個正著。

六月十六日

今天早晨，人們在井邊議論紛紛，談得莫非是契爾克斯人夜襲一事。我喝了規定杯數的納爾贊礦泉水之後，在漫長的菩提小徑來回踱了十來趟，並遇見薇菈的丈夫，他剛從五峰城回來。他拉住我的手，於是我們便一道去飯店吃早餐。他為他的妻子憂心不已。「昨晚她嚇壞了！」他說，「真是的，偏偏我不在家的時候發生這種事。」我們落坐在門邊吃早飯，這道門通往拐角處的房間，房裡共有十來個人，其中包括格魯希尼茨基。命運的安排，再度讓我偷聽到他們的談話，而這次談話攸關他的生死。他沒看到我，所以我不用懷疑他說話是別有用心的。不過，在我眼中，這更加重他的罪孽。

「難道真的是契爾克斯人嗎？」有人說道，「有誰看見他們啦？」

「我就跟你們說說事情的來龍去脈吧，」格魯希尼茨基回答，「只是請你們不要說是我說的。事情是這樣的：昨天有人來找我，這人的名字我不便透露，他說，他在晚上九點多鐘看到有人偷偷溜進李戈夫斯卡雅公爵夫人屋裡。要知道，當時公爵夫人正在這兒，而公爵小姐在家裡。於是，我就同他一起到窗下守候這位幸福的人兒。」

說真的，雖然這時薇菈的丈夫忙著享用早餐，我還是心驚膽跳：弄不好格魯希尼茨基識破真相，薇菈的丈夫就會聽到一些讓他很不愉快的事情。不過，格魯希尼茨基被忌妒蒙蔽，並未懷疑到薇菈身上。

「就這樣，你們知道，」格魯希尼茨基繼續說道，「我們就去了，隨身帶著一把槍，不過卻裝著空包彈，我們只是要嚇嚇他而已。我們在花園裡等到兩點。終於，上帝才知道他是從哪裡冒出來，肯定不是從窗戶，因為窗戶沒有打開，他準是從圓柱後頭的玻璃門出來，——最後，我說啊，我們瞧見，有人從陽台下來……這算哪門子的公爵小姐？啊？嗯，老實說，這就是莫斯科小姐啊！往後還有什麼能夠相信？我們想逮住他，可是被他掙脫，他像兔子似的，一下子就竄進樹叢裡，這當兒我朝他開了一槍。」

格魯希尼茨基四周傳來絮絮低語，眾人都表不信。

「你們不信？」他繼續說道，「我以人格擔保，一切屬實。為了證明此言不虛，我還可以指名道姓。」

「說呀，說呀，他是誰？」話聲四起。

「畢巧林，」格魯希尼茨基回答。

這瞬間他抬起雙眼——只見我面對他站立在門口，他刷地滿臉漲紅。我走到他跟前，緩慢卻清晰地說道：

「很遺憾，我來晚一步，您已經對最卑劣的誹謗拿人格做擔保。我要是在場，您或許不至於做出如此不必要的卑鄙行為。」

格魯希尼茨基從座位跳起，準備大發雷霆。

「我請求您，」我繼續説道，語氣不變，「我請求您立刻收回您所説的話。您明明知道，這是憑空捏造的。我不認為，一個女人對您出色的人品無動於衷，她就應遭受如此可怕的報復。請您想清楚，要是您堅持己見，您不但不配號稱高尚人士，您還冒著生命危險。」

格魯希尼茨基站在我面前，兩眼低垂，內心波動不已。不過，良心與自尊心的鬥爭並沒持續多久。坐在他身旁的龍騎兵上尉用手肘推他。他身子顫動一下，很快就答話，眼睛卻不抬起：

「敬愛的先生，我嘴裡怎麼説，我心裡也是那麼想，而且我還可以再説一遍……我不怕您的恐嚇，我隨時候教。」

「您已證實您選擇後一個解決之道，」我冷冷地回答他，拉起了龍騎兵上尉的手，走出屋外。

「您要做啥？」上尉説道。

「您是格魯希尼茨基的朋友，您大概願意當他的副手吧？」

上尉鄭重其事地欠身行禮。

「您猜對啦，」他回答，「當他的副手，我甚至是義不容辭，因為他受到羞辱，我也脫不了關係。昨晚我跟他在一起，」他補上一句，挺直了微駝的身軀。

「哦！腦袋被我冒冒失失揍了一拳的就是您啊？……」

他的臉色一陣黃，一陣青，隱隱的怒火都已寫在臉上。

「我很榮幸，我今天就派我的副手來見您，」我又說道，並彬彬有禮地點頭致意，對他怒不可抑的樣子，故作視而不見。

我在餐廳台階遇到薇菈的丈夫。看樣子，他在等著我。

他抓住我的手，情緒激動，狀似狂喜。

「好個高貴的年輕人！」他說道，眼中噙著淚水。「我都聽到了。那個惡棍！真是忘恩負義！……今後哪個正正經經的人家會招待他們啊！感謝上帝，還好我沒有女兒！那女孩準會報答您的，您為她冒了生命的危險。您現在先姑且相信敝人之拙見。」他繼續說道。「我自己年輕過，也曾服過軍職，我知道，不該干涉這類事情。再見吧。」

可憐的傢伙！他還慶幸自己沒有女兒呢……

我逕自往魏爾納家裡去，正好碰到他在家，於是便告訴他所有事情的來龍去脈——我跟薇菈以及公爵小姐的關係、我偷聽到的談話、談話中我得知這幾位先生想如何作弄我、他們如何要我們用裝空包彈的槍互相射擊。但現在玩笑已開過頭了，他們恐怕沒料會鬧到這樣的局面。

醫生同意擔任我的副手，於是我給了他有關決鬥條件的幾項指示；他務必堅持事情進行得愈隱密愈好，因為我隨時有赴死的準備，卻絲毫不願永遠斷送自己今生今世的前途。

然後我就回家了。一小時過後，醫生便探查歸來。

「確實有陰謀在衝著您，」他說。「我在格魯希尼茨基那兒見到龍騎兵上尉，還有另一位先生，姓氏我記不得。我在前廳要脫套鞋，因此待了有一下子。他們鬧哄哄的，吵成一團……『說什麼我也不同意！』格魯希尼茨基說道，『他大庭廣眾之下把我羞辱了，這又另當別論了……』上尉答道，『這與你有啥關係？這一切由我負責。我曾在五次決鬥中擔任副手，我知道該怎麼安排。我一切都想好了。就請你別礙手礙腳就好了。嚇唬嚇唬他也不壞呀。要是可以避免的話，幹嘛讓自己冒生命危險？……』這時我走進去，他們突然都住口了。我們的談判進行相當久，最後把事情這樣敲定：離這裡約五俄里地有一偏僻峽谷，明天早上四點他們就到那兒去，而我們晚他們半個鐘頭出發；你們雙方距六步距離開槍——這是格魯希尼茨基自己要求的。被打死的嘛——就記在契爾克斯人帳上吧！現在我有這樣的懷疑：他們，也就是副手們，應當會把原先計畫略做改變，打算只把格魯希尼茨基的手槍裝上子彈。這有點像謀殺，不過戰爭的時候，特別是在亞細亞戰爭，陰謀詭計是容許的。只是格魯希尼茨基，看起來，比他那些朋友高尚點。您看如何？我們該不該向他們表示，他們詭計已被識破？」

「千萬不可，大夫！您放心好了，我不會任人擺佈的。」

「那您要怎麼辦？」

「這是我的祕密。」

「小心點，可別落入他們的圈套……要知只有六步距離啊！」

「大夫，我明天四點鐘等您。馬匹會準備好……再見。」

我把自己鎖在房里，一直坐到晚上。一個男僕來叫我到公爵夫人家裡，——我吩咐他說，我病了。

＊

深夜兩點……難以入眠……可得睡一覺，明天我的手才不至於顫抖。不過，相隔六步，要打不中也很難。啊！格魯希尼茨基先生！你的騙局不會得逞的……我們將角色互換：現在我可要在你那蒼白的臉上找尋內心恐懼的痕跡。你為何要指定這攸關生死的六步？你以為我會乖乖地把腦袋送上門來……我們可是得抽籤的！……到時候……到那時候……要是他走運又當如何？要是我的福星最後背我而去呢？……這也不足為奇，福星對我種種的怪僻已經忠心耿耿地照顧如此之久了，何況，天上的東西較之於塵世，不見得更永恆不渝。

還能怎樣？死就死吧！對於這世界又不是什麼大不了的損失，更何況，我活得也夠無趣的。我——好像一個人在舞會上不住打呵欠，他不回家睡覺，只是因為馬車還沒來接他。如今馬車已備妥……再會吧！……

回顧過去種種，我不由得捫心自問：我為何而活？我出生於世目的何在？……啊，想必，這目的曾經是有過的，而且，想必，我曾經有過崇高的使命，因為我感覺到我心靈充滿無窮盡的力量……可是我猜不透這使命，反倒被空虛無益的男歡女愛吸引，沉溺於其中；我從慾海滔滔的洪爐中走了出來，變得又硬又冷，就像鐵一樣，可是我卻永遠喪失了人生最美麗的花朵，也就是追求崇高目標的熱情。從此以後，多少次我扮演命運之神手中那把利斧的角色！我就像劊子手手中的大刀，落在劫數難逃的犧牲者頭上，往往是無冤無仇，卻也毫不憐憫……我的愛情從來沒給任何人帶來幸福，因為我從來沒為我所愛的人犧牲過什麼。我愛，是為了自己，為了自己的滿足；我貪婪地吞噬她們的柔情、她們的蜜意，還有她們的快樂與痛苦，只是為了滿足我內心古怪的欲求——可我卻永遠貪得無厭。如此這般，一個飢腸轆轆的人，在疲乏不堪中沉沉入睡，看到山珍海味與冒泡美酒當前，於是他大快朵頤，享用這虛幻的恩賜，他似乎覺得好過些，但他一覺醒來——美夢消失……落得加倍的飢餓與絕望！

而且，或許我明天就會死去！……塵世間就沒有一個完全理解我的人。有些人會把我看得比實際上壞些，另有些人把我看得比實際上好些……有些人會說：「他是個好心的小伙子。」另有些人會說：「大混蛋一個。」其實兩者皆非。從今而後，還值得如此大費周章地活下去嗎？畢竟，還是要活下去——只是出於好奇之心吧，總是期盼著人生還會有什麼新鮮事……既可笑又可惱啊！

＊

我來到N要塞已有一個半月了。馬克西姆・馬克西梅奇打獵去了……就剩我一個人，坐在窗口。灰雲籠罩著群山，直至山麓。透過茫茫霧色，太陽看似黃色斑點。天氣很冷，風呼嘯地吹動著窗板……百無聊賴！我動手繼續寫我的日記吧，好一段時間怪事不斷，把我的日記都中斷了。

我翻閱日記的最後一頁，真是荒唐！我當時想到死，這哪可能啊！我都還沒喝乾那一杯杯人生的苦酒啊，而現在覺得，我還有很久好活呢。

往事歷歷，深深地銘記在心。一絲記憶的細線，一點記憶的色調，都沒被時間所磨滅！

我記得，決鬥前夕，我通宵未眠。當時我無法書寫很久，因為我內心忐忑不安。我在屋裡踱來踱去有個把鐘頭，然後坐下，翻開擺在桌上的沃爾特・司各特的長篇小說——《蘇格蘭的清教徒》[74]。起初我讀起來很吃力，漸漸讀得忘我，沉迷於奇妙的想像世界……司各特的作品賜予我們如此每分每秒的喜悅，我們豈能不感激另一個世界的這位蘇格蘭詩人？……

終於天亮了，我的神經也安定了。我照了照鏡子，臉上蒙著一層黯淡的蒼白，殘留著一夜輾轉難眠的痕跡；兩眼雖環繞著褐色的眼圈，卻也炯炯發亮，流露著傲氣與堅定。我還是對自己很滿意。

我吩咐備馬，穿好衣服，直奔澡堂。我浸泡在冷卻的納爾贊溫泉中，感覺到體力與精神漸漸恢復。我走出浴池，全身煥然一新，精神抖擻，就像要去參加舞會一般。此後您還能說什麼精神不依賴肉體嗎！……

我回到家裡，發現醫生已在我屋裡。他身穿灰色馬褲、短上衣，戴著契爾克斯帽。看到這小小個子竟頂著大大而毛茸茸的帽子，我不禁放聲大笑。他的臉本來就毫無英勇氣概，這時看起來比平常更是臉長。

「您幹嘛一副愁眉苦臉的，大夫？」我對他說。「您已有百來次把人送到另一個世界去，不也無動於衷嗎？您就把我當作患了急性黃疸；我可能痊癒，也可能死亡；兩者都合乎常情。您盡量把我看作是一個病人，對他的病情您也是不明就裡，——您被勾起了極度的好奇，您現在可以對我作些重要的生理觀察……等待慘死不也是一種真正的疾病嗎？」

74 沃爾特·司各特（Walter Scott, 1771-1832），蘇格蘭著名歷史小說作家、詩人兼劇作家。他的著作《蘇格蘭的清教徒》一書，出版於1816年。

我這種想法讓醫生大為震驚，也大為高興。

我們上了坐騎，魏爾納兩手緊緊抓住韁繩，於是我們出發了。我們一路奔馳，轉眼間經過了要塞，穿過了村落，進入了峽谷。谷間一條道路蜿蜒曲折，沿路多半荒草萋萋，並且不時被潺潺溪流切斷，因此必須涉水而過。讓醫生苦惱萬狀的是，他的馬兒每回一進入水中，即打住不前。

我記不得有比這天更蔚藍、更清新的早晨了！太陽剛從青翠的山頂探了出來，旭日的初暖與將逝的夜涼交織一片，讓人感覺甜美與慵懶。快樂的晨光還沒照進峽谷裡，它只把高掛我們頭上兩旁的山崖頂峰塗成一片金黃。那山崖裂縫深處長著枝繁葉茂的樹叢，微風輕輕拂過，隨即撒下點點細雨般的銀色露珠。我記得，這一次，我比從前任何時候更熱愛大自然。我多麼好奇地仔細端詳顆顆小露珠，它們在寬闊的葡萄葉上顫動著，並反射出千萬道彩虹般的光芒！我的眼神多麼貪婪地想要穿透霧氣茫茫的遠方。那兒，道路愈見狹窄，兩側山崖愈見青翠，也愈見驚險，最後交集成一道密不可透的高牆。我們騎著馬，默不作聲。

「您寫了遺囑沒？」

「沒有。」

「那要是您被打死呢？」

「繼承人自己會找上門來。」

「難道您就沒有一個您要跟他道別的朋友嗎？……」

我搖了搖頭。

「難道世上就沒有一個女人您要給她留下什麼作紀念嗎？……」

「大夫，」我回答他，「您要我跟您推心置腹嗎？……您知道，有人臨死之際還念念不忘心上人的名字，並遺贈好友一綹擦過或沒擦過香油的頭髮，不過，我已經活過那種年齡了。想到隨時可能離開人世，我念茲在茲的只有自己，而有人連這都做不到呢。朋友嘛，明天就會把我忘記，或者更糟的，他們編造些上帝才知道的什麼異想天開的事情，卻記在我帳上；至於女人嘛，向別的男人投懷送抱之際，還要對我大肆嘲笑一番，免得對方吃死人的醋，——願上帝保佑她們吧！從人生的風風雨雨中，我萃取的只是一些理念——卻無一絲一毫的感情。長久以來我不是用心生活，而是用腦。我衡量並剖析自己的熱情與舉止，全然出於好奇，卻不帶一點同情。我身上存在著兩個人：一個是有血有肉地活著，另一個則在思索，對他進行批判；第一個我，或許，一小時過後就要跟您、跟這世界永別，而第二個嘛……第二個嘛？您瞧瞧，大夫，您是不是瞧見峭壁上的右邊有三個黑色人影？這想必是我們的對手吧？……」

我們疾馳過去。

峭壁腳下的樹叢裡繫著三匹馬。我們把自己的馬也繫在那兒，便順著狹窄的小徑攀登上一個小平台。在那裡等著我們的是格魯希尼茨基、龍騎兵上尉，以及另外一位副手，名叫伊凡·伊格納季維奇，至於姓什麼我從來沒聽說過。

「我們已恭候諸位多時了，」龍騎兵上尉說道，臉帶揶揄的笑容。

我掏出手錶讓他看。

他表示道歉，並說他手錶快了。

持續了幾分鐘的沉默，大家都有些尷尬。最後，醫生打破了沉默，對格魯希尼茨基說道：

「我看，雙方都表現了決鬥的決心，也保全了個人的榮譽，兩位先生，你們何不彼此解釋清楚，讓事情和平落幕算了。」

「我同意。」我說。

上尉向格魯希尼茨基使個眼色，格魯希尼茨基以為我膽怯，於是擺出一副高傲的樣子，雖然到這時他雙頰始終浮現著一層黯淡的蒼白。從我們到達這兒，這還是他頭一次抬眼看我；但在他的眼神中有一種不安，透露出內心的掙扎。

「請說明您的條件，」他說，「凡是我能為您辦到的，您可以放心……」

「我的條件是這樣：您今天得當眾收回您的誹謗，並向我道歉……」

「敬愛的先生，我很驚訝，您竟敢向我提出這樣的事情……」

「除此之外，我還能向您提出什麼？……」

「我們還是決鬥吧。」

我聳聳肩膀。

「那就來吧，只是我們當中有一人會亡命槍下。」

「但願這是您……」

「我肯定會是相反……」

他顯得侷促不安，臉都漲紅了，接著，做作地放聲大笑。

上尉抓住他的手，把他拉到旁邊去，兩人竊竊私語好一陣子。我來的時候還相當心平氣和，但他們這一切舉動開始把我惹火了。

醫生走到我跟前。

「聽我說，」他話中流露明顯的不安，「您想必忘了他們的陰謀吧？……我不會裝填槍枝，但這節骨眼……您真是怪人！您告訴他們，他們是何居心，您一清二楚，他們就不敢了……這是何苦！他們簡直會把您當成鳥兒一槍打下……」

「您放心好了，大夫，您等著瞧……我一切自有盤算，他們那邊討不了任何便宜。就讓他們去咬耳朵吧……」

「諸位，這可是無聊得很！」我對他們大聲說道，「決鬥就決鬥吧，你們昨天已有夠多的時間談個痛快……」

「我們準備好了，」上尉答道。「請各就各位站定吧，先生們！……大夫，請量一下六步距離……」

「請站定吧！」伊凡・伊格納季維奇尖著嗓門重複叫道。

「抱歉！」我說，「還有一個條件。既然我們準備拼個你死我活，我們就有必要把事情做得儘可能隱密些，免得我們的副手擔負任何責任。你們同意嗎？」

「完全同意。」

「那麼，我有個想法。你們瞧見沒，那陡峭的懸崖頂端，在右邊，有塊窄窄的小平台？從那兒到下面至少有三十俄丈深，下面都是尖銳的岩石。我們兩個都得站在平台最邊緣，這樣一來，就算是一點輕傷，也是必死無疑，這可是符合您的心願，因為您自己規定了六步距離。誰受了傷，一定會摔得粉身碎骨；再由醫生取出子彈，到時就可以輕鬆推說，這是失足落崖的意外死亡。讓我們抽籤決定誰先開槍吧。總之，我要表明，不如此做，我就不決鬥。」

「那就這樣吧！」上尉說道，並意味深長地看一眼格魯希尼茨基，格魯希尼茨基則點頭表示同意。他的臉上不時變化著。我已把他逼到尷尬的處境。在平常情況下，他可瞄準我的腿部，讓我受點輕傷，這樣既滿足自己報復之心，又不至於良心不安。但現在他得朝天開槍，或者成為殺人兇手，或者最後放棄卑鄙的陰謀，跟我一樣陷入危險的境地。這一刻，我真不願意處在他的地位。他把上尉拉到一旁，說了些什麼，情緒顯得很激動；我看到，他嘴唇發青，並顫抖著。但見上尉轉過身來不理他，一臉鄙夷之色。「你是個蠢才！」他向格魯希尼茨基說道，聲音相當大，「什麼都不懂！我們走吧，諸位！」

窄窄的小徑穿梭在樹叢之間，通往懸崖。岩石碎塊構成一條天然的階梯，級級台階卻也土石鬆動。我們抓住灌木費勁地攀登而上。格魯希尼茨基走在前面，他的兩個副手跟在後面，然後是我和醫生。

「我對您很感驚奇，」醫生緊握著我的手說道，「讓我幫您把個脈搏！……呵！跳得好快！……可是臉上一點都瞧不出……倒是您這雙眼炯炯有神，比平常還明亮。」

突然，細碎的石子滾到我們腳下。怎麼回事？格魯希尼茨基腳絆了一下，原來是他緊抓的樹枝折斷了，要不是他的副手把他扶住，他準往下摔個四腳朝天。

「小心哪！」我對他喊道，「可別提早摔倒呀！這可是凶兆哪，想想凱撒[75]的下場吧！」

這時我們終於登上那塊突出的山岩。小平台上鋪著一層細沙，像特地為決鬥準備似的。四周簇擁著層層的峰巒，在金黃色晨霧中若隱若現，像似無數的牲畜；巍巍的厄爾布魯士山白茫茫地矗立在南方，銜接一帶如鍊的冰山雪峰；縷縷浮雲從東方蜂擁而至，徜徉在群峰之間。我走到小平台邊緣，往下一瞧，我的頭竟有些發暈；下面一片漆黑陰冷，宛如棺材之中；遭風雨與歲月拋下的岩石長滿青苔，狀如利齒，彷彿等待獵物上門。

我們要進行決鬥的小平台幾乎成正三角形。我們從突出的一角量了六步距離，並決定，誰先挨槍的，就得背對深淵站立在角上；要是他沒被一槍打死，則雙方互換位置。

我決定把一切有利的條件讓給格魯希尼茨基；我想試驗他，或許寬宏大量之心能像火花般在他身上甦醒，如此一來，一切就好辦啦。不過，自尊心與性格上的弱點終究是佔了上風……要是命運之神饒我一命，我將不寬恕他，這是我名正言順的權利。誰不曾跟自己的良心做過這樣的約定呢？

「您來主持抽籤吧，大夫！」上尉說。

醫生從口袋取出一枚銀幣，把它舉了起來。

「背面！」格魯希尼茨基匆匆喊道，像人突然被朋友搖醒似的。

「鷹！」我說。

銀幣往上一飛，噹的一聲落了下來；大家衝向前。

「您走運了，」我對格魯希尼茨基說道，「您先開槍！不過，別忘記，要是您一槍沒把我打死，我是不會射偏的——我向您保證。」

他臉紅了起來；要射殺一個手無寸鐵的人，他感到羞愧。我兩眼緊緊盯著他，剎

75 凱撒（Gaius Julius Caesar, 100 B. C. — 44 B. C.），羅馬共和國末期傑出軍事統帥、政治家，後遭謀殺身亡。據說，在他遇刺之前也有類似凶兆，可是被他忽視，因此沒逃過劫難。

那間我覺得，他跪倒在我腳下，乞求我的原諒。但是搞了如此陰謀詭計，豈能承認？……他只剩一個辦法——對天開槍。我當時相信，他會對天開槍！有一情況可能阻止他這樣做：他想到，我會要求第二次決鬥。

「時候到了！」醫生扯了扯我的衣袖，低聲對我說道，「要是您現在還不說出，我們知道他們的預謀，那一切都完了。瞧瞧，他已經在裝子彈了……要是您什麼都不說的話，那我要……」

「千萬不可，大夫！」我答道，並抓著他的手把他攔住，「您會把一切弄糟的！您已答應我不干涉……這又與您何關？或許是我自己要去送死的……」

他驚奇地望了我一眼。

「哦！那又另當別論啦！……只是到了另一個世界可別怨我呀……」

上尉這時已把槍枝裝填好子彈，他把一枝遞給格魯希尼茨基，笑笑地低聲跟他說些什麼，再把另一枝交給我。

我站到小平台的一角，左腳使勁地抵住地面的岩石，身體微微前傾，免得稍有輕傷就往後翻倒。

格魯希尼茨基站到我的對面，按照約定的信號舉起手槍。他的雙膝抖動著，逕自瞄準我的腦門……

一股莫名的狂怒在我胸中沸騰。

突然他垂下槍口，臉色蒼白如紙，轉身面向副手。

「我不能，」他啞著嗓子說道。

「懦夫！」上尉回答。

槍聲傳來，子彈劃破我的膝蓋。我不由往前跨了幾步，趕快離開懸崖邊緣。

「唉，格魯希尼茨基老弟，可惜啊，沒打中！」上尉說道，「現在輪到你了，去站好吧！先抱我一下吧！我們永別了！」他們互相擁抱；上尉幾乎要笑了出來。「不用怕，」他補上一句，狡猾地向格魯希尼茨基看了一眼，「世上一切都是胡扯！……大自然是個蠢蛋，命運是隻火雞，生命只值一文錢！」

他裝模作樣地念完這段悲劇的台詞之後，退回原位。伊凡・伊格納季維奇眼含淚水，也擁抱了格魯希尼茨基，這時就剩他一個人面對我站著。時至今日我一直努力地自我解釋，當時沸騰在我胸膛的是什麼樣的感情：是自尊受損後的懊惱，還有輕蔑，還有忿恨。我之所以忿恨，是由於想到，這個人現在如此自信滿滿、如此鎮定與放肆地瞧著我，兩分鐘前還想不冒任何生命危險，就把我當成狗似的殺死，因為腿上的傷只要稍微再嚴重些，我準摔落懸崖。

我目不轉睛地盯著他的臉，努力地想看出悔恨的痕跡，哪怕是一丁點也好。但我覺得，他卻是一副差點笑出來的樣子。

「我建議您臨死前還是向上帝作個禱告吧！」我當時對他說。

「您與其為我的靈魂操心，不如操心自己的吧。我只有一事相求：快開槍吧！」

「那您也不收回您的誹謗嗎？不請求我的寬恕嗎？……好好想想吧！您的良心沒跟您說些什麼嗎？」

「畢巧林先生！」龍騎兵上尉大聲喊道，「容我提醒您，您不是來這兒傳道的……趕快把事情作個了結吧，恐怕有人會打峽谷經過，看見我們的。」

「好吧。大夫，請到我這兒來。」

醫生走了過來。可憐的大夫！他的臉色比十分鐘前的格魯希尼茨基還蒼白。

以下幾句話我特意說得抑揚頓挫，既響亮又清楚，好像在宣讀死刑判決書：

「大夫，這幾位先生或許是太匆忙，忘記在我的手槍中裝填子彈。請您重新裝上，——而且好好裝上！」

「不可能！」上尉叫道，「不可能！我兩把槍都裝了子彈。難道會是子彈從您的手槍掉了出來……這可不是我的錯！那您也沒有權利重裝……沒有任何權利……這完全違反規則的，我不允許……」

「好吧！」我對上尉說道，「要是這樣，我要跟您按同樣條件進行決鬥……」他躊躇不決。

格魯希尼茨基站著，頭垂胸前，神色窘迫而憂鬱。

「隨他們去吧！」他終於對上尉說道，這時上尉正想從醫生手中奪下我的槍枝……「你自己很清楚，他們說得沒錯。」

不論上尉跟他做了各種暗號，都是枉然——格魯希尼茨基連看都不想看。

這當兒，醫生已裝好子彈，把槍遞給我。

上尉看在眼裡，吐了口唾沫，跺了跺腳。

「你真是蠢蛋，老弟，」他說，「俗不可耐的蠢蛋！……你既然信賴我，那什麼都得聽我的……你活該！像蒼蠅一樣，自己去送死……」他轉身過去，人一邊退開，嘴裡一邊嘀咕：「畢竟這完全違反規則啊。」

「格魯希尼茨基！」我說，「現在還不遲，收回你的誹謗吧，我一切都會寬恕你。你想戲弄我一番，卻沒得逞，我的自尊心已得到滿足了。還記得吧，我們曾經是朋友呢……」

他的臉漲紅，眼睛發亮。

「開槍吧！」他回答，「我瞧不起自己，卻痛恨您。要是您不把我殺了，我會在暗夜從背後把您宰了。這世上我們兩人沒有同時容身之地……」

我扣下板機。

等到硝煙散去，空地上已不見格魯希尼茨基。只見一縷塵土像輕飄飄的柱子，猶在懸崖邊緣盤旋。

眾人都異口同聲地叫喊起來。

——Finita la comedia! [76] 我對醫生說道。

他一語不答，滿臉驚恐地轉過身去。

我聳聳肩膀，向格魯希尼茨基的兩位副手欠身行禮。

當我順著小徑走下，我從山岩之間的縫隙看到格魯希尼茨基血跡斑斑的屍體。我不禁闔上雙眼……

我解下馬兒，騎著牠一步一步地往家裡走。我的心裡壓著一塊石頭。太陽讓我覺得暗淡，陽光也不讓我有一絲暖意。

未等到村落，我就順著峽谷向右轉去。看到了人會讓我很沉重，我想要一人獨處。拋開韁繩，頭垂胸前，騎馬走了好久，最後發現自己來到一處完全陌生的地方。我掉馬回頭，尋找歸路。直到太陽西下，我才來到基斯洛伏德斯克，這時都已人疲馬困了。

僕人告訴我，魏爾納來過，並交給我兩封便函：一封是他自己的，另一封則來自……薇菈。

我拆開第一封便函，內容如下：

一切都已盡量處理妥當。屍體已運回，但卻面目全非，子彈也從胸膛取出。大家都相信，他是不幸意外身亡。只有司令官搖了搖頭，想必他對你們的爭執已有所聞，不過卻什麼也沒說。沒有對您任何不利的證據，您可以安心睡覺……如果您能夠的話……再見……

我猶豫很久，遲遲不敢拆開第二封便函……她會給我寫些什麼呢？……一種沉重

76 義大利語，表示：「這齣喜劇演完了！」。

的預感讓我心神不寧。

以下就是這封信，信中字字句句都銘刻在我記憶中，難以磨滅：

我此時提筆寫信給你，深信我們永遠不會再相見了。幾年前與你分手時，我也是這麼想。可是老天爺要再次考驗我。我沒禁得起這次的考驗，我脆弱的心靈再度臣服於那熟悉的聲音……你不會為此瞧不起我吧，不是嗎？這封信是我的訣別，也是我的告白。我應該把打從愛上你以來累積在心頭的一切向你一吐為快。我無意怪罪於你——你待我如何，換作任何其他男子亦復如此。你愛我有如自己的私產，有如喜悅、憂慮與悲傷的泉源，這些情感是輪番而至，沒有這些情感人生未免太單調乏味。對此我一開始就心知肚明……但你曾經有過不幸，而我犧牲自己，原期盼有朝一日你會珍惜我的犧牲，有朝一日你會懂得我毫無條件的深情厚意。自此多少時光過去，我洞悉你內心的一切祕密……於是豁然大悟，我的那些期盼都是一場空。當時我悲苦莫名！但是我的愛情與我的靈魂合而為一：它雖黯淡，卻不曾熄滅。

我們永別了，不過你可以相信，我絕不會愛上別人。我的心靈已在你身上耗盡所有可貴的東西，以及所有的淚水與希望。女人一旦愛過你，看待其他男子要不帶有或多或少的輕蔑，是不太可能，這並不是因為你比他們好，哦，絕對不是！而是你天性中有一種特殊的、你個人獨具的東西，一種既驕傲又神祕的東西；你的聲音中，不論你說什麼，都有一種不可抗拒的力量；沒有人會如此經常渴望為人所愛；沒有人身上的邪惡會是如此富有魅力；沒有人的眼神可以帶來如此之多的幸福感；沒有人如此善於利用自己的優勢；也沒有人如此地真正不幸；這都是因為沒有人像你如此極力地讓自己相信事情相反的一面。

現在我必須對你說明我匆匆離開的理由。這理由在你看來是微不足道，因為它只事關我一人而已。

今天早上我的丈夫到我的房裡來，並談到你與格魯希尼茨基的爭執。顯然，我的臉色變化太大，因為他盯著我的雙眼瞧了好久。一想到，你今天要跟人決鬥，又想到我正是這場決鬥的原因，我差點昏厥過去。我覺得，我要發瘋了……但是現在我還能思考，我確信，你會安然無恙。你豈能撇下我而死去，不可能！我丈夫在房裡踱了很久，我不知他對我說些什麼，也記不得我回答他什麼……想必我跟他說我愛你……只記得，我們談話結束時，他用可怕的字眼羞辱我，然後走了出去。我聽到他吩咐備車……這時已有三個小時了，我一直坐在窗口等著你回來……但你一定活著，你不會死的！……馬車快備妥了……別了，別了……我命休矣，——但這又有何妨？……只要我能夠相信你會永遠記得我就好，——且不說愛我，——不必了，只要記得我就好……別了。有人來了……我得把信藏起來……

你不愛梅麗，是吧？你不會娶她吧？聽著，你也應該為我作這樣的犧牲，因為我已為你犧牲了世上的一切……

我發瘋似地衝到門口台階，縱身躍上有人牽著在院中蹓躂的我那匹馬兒——「契爾克斯人」，順著通往五峰城的大道卯足勁狂奔。我毫不留情地催趕著疲累不堪的馬兒，馬兒噴著沉重的鼻息，渾身冒著汗沫，載著我馳騁在石子道上。

太陽已隱沒在西邊山脊上的烏雲裡；峽谷裡變得陰暗與潮溼。波德庫莫克河穿梭在岩石之間，發出沉沉且單調的的嘶吼聲。我奔馳著，急得氣喘吁吁。一想我到了五峰城，可能也見不到她了，我就像鐵鎚敲打心頭般！——一分鐘，只要再讓我看看她一分鐘也好，跟她道別，跟她握手……我祈禱，我詛咒，我痛哭，我狂笑……不，什麼都不能表達我的焦慮與絕望！……我可能永永遠遠失去薇菈，這時對我而言，她比世界上的一切都寶貴——比生命、比榮譽、比幸福都寶貴！上帝才知道，有多古怪、多瘋狂的念頭紛紛浮現在我腦海！其間，我一直毫無憐惜地驅馬狂奔。這時我開始發覺，馬兒喘息愈來愈沉重；牠在平坦地面上竟有兩次失蹄……距哥薩克村鎮——葉先圖基，還有五俄里，到那兒我就可以換馬了。

一切都能挽回，要是我的馬兒還有足夠的力氣多跑個十分鐘的話！但是，剛離開山區，從一個不大的峽谷出來，跑上一個急轉彎，突然，馬兒咕咚一聲栽倒在地。我俐落地跳下馬，拖住轡繩，想把牠拉起——白費力氣。只見馬兒咬緊牙關，傳出幾聲依稀可聞的呻吟，幾分鐘之後便斷了氣。草原上留下孤單的我，喪失最後的希望。我試著步行，哪知兩腿發軟。一天的焦慮，一夜的未眠，我已筋疲力竭，摔到在潮溼的草地上，孩子似地放聲大哭。

我久久地躺著，一動也不動，傷心痛哭，也不想壓抑淚水與哭聲。我想，我的胸膛要炸裂。我所有的堅強，我所有的冷靜，就像輕煙消逝無踪。心靈無力，理性消聲，這當兒要是有人瞧見我，準會不屑一顧地掉頭而去。

當夜露與山風冷卻了我火熱的心靈，思緒恢復正常，於是，我豁然大悟，追求逝去的幸福，是既無益又不智。我還想要什麼呢？——見她一面？——所為何來？我們之間不是一切都結束了？一次錐心刺骨的吻別不能為我們的回憶增添什麼，反而讓我們事後更是難分難捨而已。

不過，我倒很高興能痛哭一場！其實，痛哭的原因或許是神經不寧、一夜不眠，以及兩分鐘的槍口驚魂，還有空空如也的肚子。

一切已漸入佳境！這次新的折磨是，套用軍事用語，聲東擊西，它在我身上發揮良好的效果。痛哭有益身心，再說，要不是騎馬狂奔，於是回程被迫徒步十五俄里，這一夜我將整晚無以闔眼。

我回到基斯洛伏德斯克的家裡，已是清晨五時，倒頭便睡，睡個大覺，就像滑鐵盧戰役[77]之後的拿破崙。

我一覺醒來，外面已經一片漆黑。窗戶開著，我坐到窗口，解開上衣，——困頓後的酣睡原未撫平我胸中的鬱結，但山風拂來，讓我心胸為之舒暢無比。濃密的菩提樹遮掩河流，穿過菩提樹梢可以看到河流對岸的遠處，這時要塞與村落中，家家戶戶已是燈火點點。我們院中靜悄悄，公爵夫人家中黑沉沉。

醫生來了，眉頭深鎖。他一反常態，並沒跟我握手。

「您打從哪裡來，大夫？」

「從李戈夫斯卡雅公爵夫人那兒；她女兒生病了——神經衰弱……不過，我不是為此而來，是這樣的：當局正在追究這件事，雖然還沒有什麼具體證據，不過，我勸您還是小心點才好。今天公爵夫人對我說，她曉得您決鬥是為她女兒。都是那小老頭兒……他叫什麼來著？他一五一十都跟公爵夫人說了。他當天在飯店親眼目睹您跟格魯希尼茨基發生衝突。我是來警告您一聲。別了，或許我們再也見不到面了，您準會被放逐到什麼地方去。」

他在門口站住，想跟我握手……要是我臉上給他露出一絲絲的意願，他準會衝上來擁抱我；但我還是冷淡如石頭，——他便走了。

呵，這就是人啊！所有人都是如此：他們事前已清楚一項舉動的種種弊端，但看到別無他法時，他們還是提供協助、建議，甚至表示讚賞，——然後，卻洗淨雙手，忿忿然轉身而去，丟下那個勇於承擔所有責任的人。所有人都是如此，甚至最善良、最有智慧的人也是如此！……

翌日清晨，我接到上級命令，把我調派到N要塞。於是，我到公爵夫人家辭行。

77 滑鐵盧位於比利時布魯賽爾以南。於1815年6月18日，拿破崙一世率領大軍在此與歐州聯軍大戰，遭徹底擊潰，而被迫第二次退位。

她問我是否有什麼特別重要的事要對她說，我答之以祝她幸福之類的話，她驚訝不已。

「那我得很認真地跟您談談。」

我默然地坐下。

顯然，她不知從何說起。她漲紅了臉，胖乎乎的手指頭敲打著桌面。終於，她吞吞吐吐地說道：

「聽我說，畢巧林先生！我想，您是個高貴的人。」

我欠身行個禮。

「對此我是堅信不疑，」她接著說道，「雖然您的行為有點讓人起疑。不過，您可能自有道理，我不得而知，這是什麼道理，現在您該跟我有個交代吧。您捍衛我的女兒讓她不受人誹謗，為她決鬥，——因而，也冒了生命的危險……您不用回答，我知道這事您不會承認的，因為格魯希尼茨基已遭一槍斃命（她畫個十字）。願上帝原諒他吧！也希望，上帝原諒您！……這事與我無關，我不敢責備您，因為我女兒雖是無辜，卻也是事情的起因。她對我說了一切……我想，是一切吧：您對她表白了愛意……她對您坦承了愛情（這時公爵夫人沉重地嘆口氣）。但她病了，我肯定，這不是普通的病！哀傷深深壓抑在心底，不斷折磨著她。她不承認，但我卻相信，您就是這病因……聽好，您或許以為，我貪圖富貴，——千萬別這麼想！我一心想要的只有女兒的幸福。您現在的地位雖不足以自豪，但可以改善。您有家產；我的女兒愛您，她教養良好，可以給丈夫帶來幸福，——而我有錢，我也只有這個女兒……您說說，什麼事攔著您了？……您瞧，我本不該跟您說出這一切的，但我信任您的良心、您的人格。您想想看，我只有一個女兒……只有一個……」

她哭了。

「公爵夫人，」我說道，「我沒辦法答覆您。請容許我跟您的女兒單獨談談吧……」

「絕對不可！」她大聲叫道，情緒非常激動地從椅子上站起。

「那就悉聽尊便吧！」我回答，正準備離去。

她沉吟一下，給我打個手勢，要我等會，便走了出去。

過了約莫五分鐘；我的心激烈地跳動，但思緒卻鎮定，頭腦也冷靜。無論我如何努力探詢心中對這位俏麗的梅麗的愛意，哪怕是一絲絲也好，但卻一無所獲。

這當兒，門打了開來，她走了進來。上帝哪！這一段沒見面的日子裡，她完全變了個人！——這可才多久呢？

她走到房中，身子搖晃一下；我趕緊奔上前，伸過手去，攙她坐上扶手椅。

我跟她面對面地站著，我們沉默了許久。她那大大的雙眼充滿著無以名狀的哀怨，似乎想要從我的眼睛中尋求希望或什麼的；她那沒有血色的雙唇想笑卻又笑不出來；她那纖纖的雙手交疊在膝上，看起來那麼削瘦，好像透明似的，讓我都不禁心生憐憫。

「公爵小姐，」我說，「您知道，我嘲笑了您……您應該很瞧不起我。」

她充滿病容的雙頰現出了紅暈。

我接著說道：

「因此，您不可能愛我的……」

她轉過頭去，手肘支撐在桌面，一隻手摀住雙眼，我彷彿看到她眼中閃動著淚珠。

「我的上帝！」她的聲音依稀可聞。

這簡直讓人難以承受，恐怕再一分鐘，我就會撲倒在她腳下。

「所以，您自己也看得很清楚，」我語氣盡可能地堅定，並勉強擠出一絲笑容地說道，「您自己看得很清楚，我不能娶您為妻，就算您現在願意，您很快就會後悔。剛才跟您母親一番談話，讓我覺得有必要和您坦誠地、卻也不客氣地把話說清楚。我希望，她只是一時誤會；您可以很容易讓她改變心意。您瞧瞧，我在您眼中扮演一個最可憐又最可鄙的角色，對此甚至我都得承認。這是我所能為您做的一切。不論您對我的看法有多惡劣，我都接受……您瞧，我在您面前是多麼齷齪。就算您曾經愛過我，此時此刻起您也會輕視我的，不是嗎？……」

她向我轉過臉來，面色蒼白如大理石，只有雙眼奇異地閃閃發亮。

「我恨您……」她說。

我道了謝，恭敬地行了禮，走了出去。

一小時之後，三匹馬拉的特快驛車載著我飛快離開基斯洛伏德斯克。在距離葉先圖基幾里處，我認出，我那匹烈馬的屍體就倒臥在大路邊；馬鞍沒了——想必是路過的哥薩克人拿走了，原該放置馬鞍的馬背卻停留著兩隻烏鴉。我嘆口氣，轉過臉去……

如今，在此地，在這寂寞的要塞裡，每當我回顧過往，我不時自問：何以我不願步上命運為我打開的那條道路？那裡等待著我的是寧靜的喜樂與心靈的安詳……不，我不會安於那種命運的！我像在海盜船上出生、長大的水手，他的心靈已習慣了風暴與戰鬥。一旦把他拋到岸上，他會寂寞，他會苦惱，無論翠綠的樹林如何誘人，無論和煦的陽光如何燦爛。他整日躑躅在海濱的沙灘，傾聽著滾滾波濤單調的澎湃聲，眺望著霧色蒼茫的遠方：看那蔚藍的海與灰色的雲之間白茫茫的水平線上，是否閃爍著朝思暮想的帆影；那帆影起初會像海鷗的翅膀，漸漸地劃破滾滾浪花，平平穩穩地靠向這荒涼的碼頭……

宿命論者

有一回，我碰巧在左翼陣地[78]的一個哥薩克村莊住了兩個星期。那邊駐紮著一個步兵營：軍官們常會輪流在彼此的營房聚會，每晚總會打打牌。

一天晚上，我們在S少校那兒玩膩了波斯頓牌，把紙牌往桌下一甩，又閒坐了好一陣子。當晚談話一反常態，很是引人入勝。大家談論到，回教的迷信似乎認為人的命運是天註定的，而在我們基督徒之間，支持這種觀點的也大有人在。眾人紛紛提到各式各樣的奇聞異事，對這項觀點，或表贊同，或表反對。

「諸位，所有這些都是口說無憑，」一位上年紀的少校說道，「你們當中並沒有人親眼目睹你們用來證實自己意見的怪事，不是嗎？」

[78] 指當時俄國高加索防線的左翼陣地，大約佈置在特勒克河中下游。

「當然，沒有人，」多人答道，「但我們是從可靠人士那兒聽來的……」

「這些都是胡說八道！」有人說道，「那些見過我們生死簿的可靠人士在哪兒呀？……要是人生確有定數，那又為啥賦予我們意志與理性呢？為啥我們要對自己行為負責呢？」

這當兒，坐在屋角的一位軍官站起身來，慢斯條理地走到桌邊，目光安詳而又莊嚴地掃視眾人。他是塞爾維亞人，這從他的名字可看得出來。

中尉符里奇的外貌完全吻合他的性格。高高的個子，黝黑的臉龐，黑色的頭髮，敏銳的黑眼睛，塞爾維亞人典型的大而挺直的鼻子，老是掛在嘴角的憂鬱而冷漠的笑容——這一切賦予他非尋常人物的外表，卻也透露他無法與命運安排成為他同袍的人推心置腹。

他為人勇敢，話雖不多卻很銳利；從不跟任何人吐露內心與家庭的祕密；幾乎是滴酒不沾；對於那些年輕的哥薩克女子——她們的嫵媚動人，沒有親眼見識是難以理解，他也從來不勾三搭四。據說，上校太太對他那深情款款的眼神動心不已；但只要有人話中影射此事，他準會勃然大怒。

只有一件嗜好他從不隱瞞，就是賭博。只要一上賭桌，他就什麼都忘記，而且通常是有賭必輸；雖然十賭九輸，反而更讓他執迷不悟。有人說，有回在部隊出征的深夜裡，他在枕頭上發牌做莊，當晚他手氣極好。突然傳來幾下槍聲，響起警報，大家都一躍而起，衝去拿武器。「下注啊！」他站都沒站起來，仍對一個最熱心的賭友喊道。「我押七！」只見那人邊回答，邊往外跑。儘管四下一團混亂，符里奇還是把牌發完一圈，結果押中七。

當他來到散兵線，雙方已在激烈交火。符里奇既不理敵人的彈火，也不管車臣人的軍刀，卻自顧自地尋找那位走運的牌友。

「七押中了！」他終於在最前方的散兵線發現這位牌友，便大聲叫道；這時線上士兵正開始要把敵人逼出樹林。符里奇逕自走上前去，掏出錢包與皮夾，把錢遞給這位幸運的牌友，也顧不得當事人如何拒絕這種時機不宜的交款。把這項尷尬的任務執行完畢之後，他才衝上前去，沉著冷靜地帶著士兵與車臣人交火，直至戰事結束。

當符里奇中尉走到桌邊，大家都靜默了下來，看他要出什麼奇招。

「諸位！」他說道（他的聲音很平靜，雖然音調比平常低沉），「諸位！空洞的爭論有何用處？你們需要證據，那我建議，何妨拿自己作試驗，看看一個人是否能隨心所欲地支配自己的生命，或者我們每個人的死期都已事先註定……有誰願意試試？」

「我不要，我才不要！」四下嘩然，「真是怪人！一腦子盡是稀奇古怪的主意！……」

「我提議打個賭，」我開玩笑地説道。

「什麼賭？」

「我堅信沒有定數，」我説道，並把口袋所有的錢——大概二十個金幣，都倒在桌上。

「我賭，」符里奇以低沉的聲音回答，「少校，您來當個裁判。我這兒有十五個金幣，您還欠我五個金幣，請勞駕給添進去。」

「行！」少校説道，「只是我不明白，這是怎麼一回事，還有你們如何解決爭議？……」

符里奇不吭一聲地走進少校的寢室，我們跟在他後頭。他走到掛著武器的一面牆前面，從掛在釘上的各種口徑的手槍中隨意取下一把。這時我們還不明白他的意思，不過，當他扳動扳機，並往槍膛裝填火藥時，很多人不由得驚叫，抓住他的手。

「你想幹啥？聽著，這太瘋狂了！」大夥對他嚷道。

「諸位！」他掙脫雙手，慢條斯理地説道，「還有誰要在我身上下注二十個金幣的？」

大夥默不作聲，退了開來。

符里奇走到另一個房間，坐到一張桌旁。眾人跟在他身後。他比比手勢要我們在周圍坐下。大家默默聽從他所說的：這一瞬間，他具有某種神祕的力量，可以支配著我們。我直直盯著他的眼睛有一會兒，可是他對我試探的眼神也回報以沉靜、堅定的目光，他那蒼白的嘴唇還微微一笑。不過，儘管他一副沉著冷靜的樣子，我總覺得在他蒼白的臉上看到死亡的陰影。我常注意到一件事，而戰場上的老兵也可證實我的觀點，也就是：一個幾小時之後即將過世的人，這時他的臉上往往會有一種奇怪的、在劫難逃的痕跡，一雙閱歷豐富的眼睛是不會看走眼的。

「今日就是您的死期！」我對他說。他迅速地向我轉過臉來，卻緩緩地、靜靜地答道：「也許是，也許不是……」

然後，他轉身問少校：手槍裝了子彈沒？少校一時心慌，竟記不得了。

「得了，符里奇！」有人喊道，「既然是掛在床頭上，準是裝了子彈。開啥玩笑……」

「這種玩笑也太蠢了！」另有人附和。

「我用五十盧布對五盧布打賭，槍沒裝子彈！」第三人喊道。

又安排另一場賭局。

對這冗長的儀式我很厭煩。

「各位聽著，」我說，「要嘛就開槍，要嘛把手槍掛回原位，大夥兒好睡覺去。」

「說的是，」很多人喊了起來，「大夥兒睡覺去吧。」

「諸位，我請你們留在原位！」符里奇說著，把槍口指向自己腦門，眾人頓時愣住。

「畢巧林先生，」他又說，「請拿一張紙牌往上扔。」

我從桌上拿了一張牌，到現在我還記得是紅桃愛司，當時我就往上拋。霎時眾人都屏住呼吸，每雙眼睛都流露恐懼與莫名的好奇，視線從手槍轉移到那張攸關生死的愛司牌上。只見那張牌在空中抖動著，緩緩落下。在它一接觸到桌面的瞬間，符里奇扣下扳機……槍聲未響。

「謝謝上帝！」許多人喊道，「沒裝子彈……」

「那麼，讓我們瞧瞧，」符里奇說道。他瞄準掛在牆上的一頂軍帽，再次扣下扳機；槍聲響起——屋中一片硝煙。當硝煙散去，大家取下軍帽。只見帽子正中心被一槍射穿，子彈深深地嵌在牆壁裡。

約有三分鐘光景，大家都說不出一句話。符里奇從容自若地把我的金幣裝入自己的錢袋。

眾人議論紛紛，何以手槍第一次沒有開火。有人一口咬定，一定是槍膛堵塞；另有人小聲說道，之前是火藥潮溼了，後來符里奇又裝進新的火藥。但我敢說，後一種假設不正確，因為我的眼睛始終沒離開過手槍。

「您賭運很好，」我對符里奇說道……

「這還是我生平頭一遭呢。」他答道，洋洋得意地笑著，「這比推牌九或打什托斯牌❼❾強。」

「不過卻更危險。」

「怎麼？您開始相信定數了？」

「相信。只是我現在不懂，為什麼我覺得，今日必定會是您的死期……」

同一個人不久前還從容自若地把槍口對準自己腦門，這時，卻突然暴跳如雷，焦躁不安。

「夠啦，夠啦！」他站起身來說道，「我們的賭局都已結束，現在您這些話，我認

❼❾ 什托斯牌也是紙牌賭博的一種。

為，說得不是時候……」他抓起帽子便走。我覺得他的行為有點古怪，——這不會是沒有道理的！……

不多時，大夥兒各自散去，回家路上紛紛議論符里奇的怪誕行徑，想必也異口同聲地說我是自私自利，因為我居然會去跟一個準備舉槍自盡的人打賭，好像沒有我，他就找不到適當時機似的！……

回家路上，我穿過村落幾條空蕩蕩的巷道。一輪滿月紅得像火災的反光，漸漸從一排參差不齊的屋脊後面升起；星星靜悄悄地在暗藍色的蒼穹中閃爍。一想到，古聖先賢居然以為天上星辰也參與我們無聊的爭執，或者為了區區一小塊土地，或者為了什麼虛構的權益，我不禁覺得好笑！……結果又怎樣？按這些智者的說法，天上那些明燈只是為了照亮他們的戰鬥與勝利而燃燒，至今星辰燦爛如昔，然而他們的熱情與希望早已跟隨著他們的人油盡燈滅，就如同雲遊四海的旅人在林邊不經意點燃的小星火一樣！不過，他們深信，浩瀚的蒼天與無數的星辰不時地關注著他們，雖是默然不語，卻也始終不渝，這樣的信念給他們的意志增添多少的力量啊！……而我們，他們可悲的後裔，在地面上東飄西盪，沒有信念，沒有尊嚴，沒有喜樂與畏懼，有的只是一想到無可避免的結局時那種壓迫心弦、不由自主的憂慮。我們再沒有能力做出偉大的犧牲，不論是為了人類的福祉，還是為了個人的幸福，因為我們知道那是不可能的。於是，我們冷漠地從一個懷疑走向另一個懷疑，就像我們的祖先從一項謬誤投身於另一項謬誤；我們和他們唯一的不同是，我們沒有希望，甚至沒有那種莫名卻真實的樂趣——那種每次在與人爭或與命爭的時候，我們的心靈才能體會到的樂趣……

腦海中很多類似的思緒紛至沓來，我並沒把握住它們，因為我不喜歡停留於抽象思考。再說，這又有何用呢？……少年十五二十時，我曾經是個夢想家。騷動又貪婪的想像中描繪出種種的情景，時而憂愁，時而歡樂，讓我一次次地沉湎於其中。但這些胡思亂想又留給我什麼呢？有的只是午夜之時與夢魘搏鬥過後的疲憊，以及充滿悔恨的朦朧回憶而已。在這徒勞無益的奮戰中，我把內心的熱情與現實生活所需的毅力，都消耗殆盡。我踏入現實生活，其實在此之前我在思想上已歷經過這種生活，於是我覺得無趣與厭惡，就像閱讀一本熟悉不過的書籍的拙劣仿本。

這天晚上的經歷讓我印象相當深刻，也刺激我的神經。我說不上來，如今我是否相信命中自有定數之說，但是當晚我確實深信不疑，因為鐵證如山哪。儘管我嘲笑我們的祖先，以及他們多采多姿的占星術，我卻也不知不覺地重蹈他們的覆轍。不過，在這危險的道路上，我及時停住腳步，並抱持一個原則，就是對什麼都不絕對否定，也不盲目信仰；於是我把玄學拋開一邊，開始看看腳下的路面。這樣的警戒之心來得正是時候：我差點摔了一跤，我腳絆到一個肥肥、軟軟的什麼東西，顯然是沒有生命的。我彎下身來——月亮已直直照在路面——到底什麼東西呢？原來我面前橫躺著一隻豬，已被軍刀劈成兩半……我才剛看清楚什麼東西，就聽到一陣腳步聲，只見兩個哥薩克人從巷子奔出。其中一人走上前來，向我問道，是否看到一個醉醺醺的哥薩克人在追趕一隻豬。我告訴他們，我沒看到什麼哥薩克人，但把他瘋狂暴行的無辜犧牲者指給他們看。

「這個土匪！」另一個哥薩克人說道，「每回老酒下肚，就出來鬧事，見什麼就砍什麼。我們追他去，葉列米奇，一定要把他綁起來，要不然……」

他們走遠了，我走路走得更加小心翼翼，終於平安回到住處。

我住在一個哥薩克老兵家裡，我喜歡他，因為他有一副好脾氣，更因為他有一個漂亮女兒娜思佳。

她跟往常一樣，裹著一件皮大衣，站在籬笆門那兒等我。月亮照著她被夜寒凍得發青的可愛小嘴。一瞧出是我，她就嫣然一笑，可是我沒心情搭理她。「再見，娜思佳！」我走過她身邊時說道。她想答些什麼，卻只嘆了口氣。

我隨手關起房門，燃上一枝蠟燭，便倒臥在床。只不過這回比平常讓人更難以入眠。當我入夢時，東方已開始發白。但看來老天註定，我不得一夜好眠。早晨四點鐘，兩個拳頭敲打在我的窗子。我一骨碌跳起身來，怎麼回事？……「起來，穿好衣服！」幾個聲音對我嚷道。我連忙穿好衣服，走了出去。「知道出什麼事嗎？」三個來找我的軍官不約而同地說道。他們的臉色蒼白得像死人。

「什麼事？」

「符里奇被殺死了。」

我錯愕不已。

「不錯，他被殺了！」他們接著說，「咱們快走吧！」

「去哪兒？」

「在路上你就知道。」

我們走了。他們一五一十地把所發生的一切告訴我，其中並加油添醋，談到命定之說；死者半個小時之間先是逃過一劫，後來還是難逃一死，奧妙的定數！他們對此發表種種的評論。話說符里奇一個人走在黑暗的街上，那位一刀把豬劈死的酒醉哥薩克人迎面撞了上來。醉漢或許原來不會注意他，就從身邊走過，哪知符里奇突然停住身子問道：「老兄，你在找誰？」——「找你！」——哥薩克人答道，並一刀往他砍來，從肩膀幾乎劈到心窩……我路上碰到的那兩個哥薩克人，追蹤兇手而來，正好趕到。他們扶起傷者，但他已奄奄一息，並只說了一句話：「他說得對！」這句話的含意只有我一人懂得，他這是衝著我說的。我無意間對這可憐的人預告他的命運，而我的直覺也沒說謊：我確實在他那張變了樣的臉上讀到大限將至的痕跡。

兇手這時把自己鎖在村尾的一間空屋裡。我們往那兒走去。很多婦女也往那方向哭哭啼啼地跑去。不時有晚到的哥薩克兵衝往街上，匆匆忙忙地配著短劍，跑到我們的前頭。到處亂成一片。

我們終於到了。定睛一瞧，那農舍的門窗都從裡面鎖上，屋子四周站滿了人。軍官們與哥薩克人情緒激動地議論著，婦女們嚎啕大哭，邊哭又邊說些什麼。她們之中有個老婦人，臉上露出瘋狂的絕望，引起我的注意。她坐在一段粗圓木上，兩肘支撐在膝蓋，兩手托著腦袋，原來這就是兇手的母親。她的雙唇不時蠕動著，也不知是在低聲禱告還是在詛咒？

這時本該拿定主意捉拿罪犯，不過，卻沒有人敢率先衝進去。

我走近窗口，透過護窗板的縫隙往裡瞧：只見他一臉蒼白，躺在地板上，右手握著手槍，一把血跡斑斑的軍刀落在身旁；他那激動的雙眼恐怖地朝四下轉動，偶爾渾身哆嗦，雙手抱頭，似乎模模糊糊記起昨天的事。我從那惶恐不安的眼神中看出，他還在猶豫不決，於是我對少校說，這時少校不下令哥薩克兵破門而入未免可惜，因為現在動手比等他完全回神時再動手好得多。

這當兒，一個上了年紀的哥薩克上尉走到門邊，呼叫他的名字；他也答了一聲。

「你犯罪啦，葉斐梅奇老弟，」上尉說，「那沒辦法了，你就投降吧！」

「不投降！」哥薩克人回答。

「你得敬畏上帝吧！你不是萬惡不赦的車臣人，你可是誠誠實實的基督徒呀。唉，既然你鬼迷心竅，犯了罪，那也沒辦法了，在劫難逃啊！」

「不投降！」哥薩克人聲色俱厲地大叫，傳來喀嚓一聲扳動扳機的聲音。

「喂，大嬸！」上尉對老婦人說道，「妳跟兒子說說，或許，他會聽妳的……要不然，這只會惹惱上帝。再說，妳瞧瞧，這些先生都已等了兩個鐘頭了。」

老婦人盯著他瞧了一會，然後搖搖頭。

「華西里・彼得羅維奇，」上尉走到少校跟前說道，「他不肯束手就縛——我知道這個人。如果破門而入，他準會打死我們不少弟兄。您是不是最好下令向他開槍？護窗板的縫隙很寬。」

這剎那我的腦海閃過一個奇特的念頭：我心血來潮，也想像符里奇一樣，試試自己的命運。

「等一下，」我對少校說，「我來把他生擒活捉。」

我吩咐上尉跟他搭訕，並安排三個哥薩克兵守在門口，隨時準備好，一聽到信號就破門而入，衝進來支援我。於是，我繞到農舍後面，走近那攸關生死的窗戶。我的心撲通撲通跳得很猛烈。

「嘿，你這該死的傢伙！」上尉喊道，「怎麼，你這是在取笑我們嗎？或者你以為我們對付不了你？」他開始使勁地敲起門。我眼睛緊貼窗縫，窺視哥薩克人的一舉一動，他沒料到我會從這方向發動攻勢，——突然，我打破護窗板，頭朝下跳入窗內。槍聲正好在我耳際響起，子彈打掉我的肩章。滿屋硝煙，我的對手一時找不到身旁的軍刀。我抓住他的兩隻胳膊，這時哥薩克兵也衝了進來，不到三分鐘，這名罪犯就被捆綁起來押走了。人群散去。軍官們紛紛向我道賀——這也確實是可喜可賀！

看來，經歷這一切之後，人豈能不成為宿命論者呢？不過，又有誰確實知道，他什麼東西相信？什麼東西不相信？……何況，我們常把感情上的錯覺或理性上的誤判當作是信念！……

我愛懷疑一切，不過，這種思想傾向並不妨礙我性格上的決斷力；相反的，對我而言，每當前途一片渾沌不明，我反而更勇往直前。因為人生沒有比死更壞的——而人都難免一死！

回到要塞，我把親身的遭遇和目睹的一切告訴馬克西姆·馬克西梅奇。我很想知道他對定數的看法。起初他不大理解定數這個詞的含意，但經過我費盡一番口舌地解釋之後，他意味深長地搖搖頭，並說道：

「是啊！當然啦！這玩意兒奧妙得很！……不過，這種亞細亞式的扳機常常沒法擊發，要是油沒上好，或者手指用勁不夠。老實說，我也挺不喜歡契爾克斯的步槍，咱們用起來有點不順手，槍托太小了——稍不小心，就燒到鼻子……可是他們的軍刀啊——那可了不起！」

接著，他略做思索之後說道：

「是啊，那倒楣人真可憐……準是鬼迷心竅，才會在三更半夜去跟醉漢說話！……話說回來，這都是他命中註定呀！……」

從他嘴裡我再也問不出什麼，他這人本來就不愛討論玄學。

附錄

附錄一：有關萊蒙托夫的《當代英雄》

宋雲森

一、小說名稱

《當代英雄》的主人翁畢巧林過著漫無目標的人生，並具毀滅性的人格，因此本小說在問世之初，即遭不少讀者與文學評論家大肆抨擊。甚至時至今日仍有不少讀者大惑不解：何以本書名之為《當代英雄》？畢巧林算是哪門子的英雄？

其實，對於讀者的疑惑，甚至批評，萊蒙托夫瞭然於胸，並在小說的序言中清楚答覆。他在序言中提到，「有些讀者，甚至有些雜誌，很不幸地，竟然對本書字面上的意思信以為真。另外有些人鄭重其事，認為本書竟然把這種品行不端的人標榜為『當代英雄』，而為此忿恨不平」。萊蒙托夫不禁感慨，「我們的讀者還太天真、太單純……他們猜不透戲謔，看不懂反諷」。顯然，在作者筆下，《當代英雄》其實是戲謔、是反諷。那作者戲謔或反諷的對象是誰？序言也明明白白地給了答案：「『當代英雄』確實是個肖像，但卻不是個人的肖像。這個肖像不折不扣地集合了我們這整整一代人的缺點於一身」、「作者只是按照自己的理解，描繪當代人的樣子」。由此可知，按作者的構想，《當代英雄》描寫的是很多的當代人，或者更精確地講，是當代的一種典型人物。

若從語義角度而言，俄語中「英雄」（hero）一詞有幾個含意：㈠英雄，㈡故事、小說或戲劇中的主角，㈢典型人物。萊蒙托夫在此玩起文字遊戲，讀者不能不察。畢巧林是小說的「主角」，名之為「英雄」，多有戲謔或反諷之意，他其實代表的是當代的一種「典型人物」。若按小說序言與情節判斷，這種「典型人物」又以負面成份居多。那這種「典型人物」又是當時社會什麼樣的人物呢？

套用俄國文學史上的術語，這種「典型人物」就是「多餘人物」（superfluous man）。「多餘人物」指的是十九世紀不少的貴族男性知識青年，他們學識豐富，卻無實踐能力，最後落得一事無成。「多餘人物」是十九世紀俄國文學中的一種「典型人物」。例如，普希金筆下的奧涅金、格里包耶朵夫（A. S. Griboyedov, 1795-1829）筆下的查茨基、岡查洛夫（I. A. Goncharov, 1812-91）筆下的奧勃落莫夫、屠格涅夫（I.

S. Turgenev, 1818-83）的羅亭等。這些人物都是學識豐富，甚至能言善道，但死氣沈沈，大都是只能說不能行。

相形之下，萊蒙托夫筆下的畢巧林在諸多的同類人物中，則顯得鶴立雞群，形象突出。畢巧林生氣勃勃，驕傲自負，具有鋼鐵般的意志與實踐能力，甚至帶有幾分侵略性，可惜生不逢時，英雄無用武之地，只能到處惹是生非，最後也落得四處遊蕩，一事無成。

不過，我們分析小說中畢巧林的自白，可以發現他並非天生自甘墮落：「我曾經有過崇高的使命，因為我感覺到我心靈充滿無窮盡的力量……可是我猜不透這使命，我沈溺於空虛無益的男歡女愛；我從慾海滔滔的洪爐中走了出來，變得又硬又冷，就像鐵一樣，可是我卻永遠喪失了人生最美麗的花朵，也就是追求崇高目標的熱情」（〈梅麗公爵小姐〉）。由此可知，畢巧林（或者畢巧林所代表的當代知識青年）也想在人生有一番作為，不過他找不到人生努力的方向，只好糟蹋自己的能力，過著漫無目標，甚至是墮落的生活。

其實，萊蒙托夫並未讓筆下人物暢所欲言。小說從頭至尾，作者並未透露造成主人翁自甘墮落的真正原因。萊蒙托夫只在序言中含蓄地（或者嘲諷地）輕聲說道：「在正正經經的社會中，在正正經經的書本裡，是沒有公然謾罵的空間」。萊蒙托夫面對他所欲撻伐的對象，卻又有口難言。原因何在？我們若能考察當時俄國的政治環境，那答案就呼之欲出了。

十九世紀的俄國，處於沙皇統治，政治上專制獨裁，國家大多數的人口是貧窮的農奴階級，他們甚至沒有受教育的機會；至於人口中佔極少數的貴族階級，大都過著錦衣玉食的生活，也能受到良好的教育，但言論自由與思想自由受到相當大的箝制。尤其，一八二五年「十二月黨人」的起義失敗之後，俄國社會更陷於尼古拉一世的黑暗統治時期。不少熱愛自由、學識豐富的知識青年，面對令人窒息的政治氣候，即使是有理想、有抱負，也只能怨嘆生不逢時，因而空虛、苦悶，蹉跎年華。萊蒙托夫本人也因詩篇〈詩人之死〉抨擊沙皇體制，而遭流放高加索。此後，他的作品必須通過嚴格的文字檢查才得出版。因此，他豈能在作品中暢所欲言。而這也是他筆下畢巧林或者「多餘人物」誕生的背景。

二、萊蒙托夫與畢巧林

萊蒙托夫在序言中堅稱，畢巧林是當代人的寫照，絕非他個人的肖像。畢巧林是當代「多餘人物」的代表，這是毋庸置疑。至於，畢巧林是不是作者個人的肖像，眾說紛紜。當代不少讀者與文評家抱持肯定看法，萊蒙托夫則堅決否認，而二十世紀著名俄國文學史家史朗寧採取折衷態度，他認為，《當代英雄》是一部「半自傳性的小說」。

我們若仔細比較萊蒙托夫本人與筆下的畢巧林，可以發現二者有不少雷同。萊蒙托夫自少年起即風流韻事不斷。他對名花有主的女性尤感興趣，一旦追求到手後，卻又棄之唯恐不及。萊蒙托夫一位友人一女伯爵羅絲托普琪娜描述如下：

我多次聽到萊蒙托夫受害者的指控。雖然受害人說得淚如雨下，但每當聽到萊蒙托夫有如劍俠唐璜般的輝煌戰果，而結局也大都是荒唐、滑稽，我總會忍不住大笑。記得有一次，萊蒙托夫閒來無聊，決定追求一位名花有主的小姐。當大家以為萊蒙托夫與這位女士的戀曲即將譜出美好結局時，女方家人突然收到一封匿名信，大肆訴說萊蒙托夫的種種惡行劣跡，並勸告他們與萊蒙托夫斷絕往來。其實這封信是萊蒙托夫自己寫的。而他從此也不再出現女方家中。

我們似乎可在《當代英雄》的主人翁身上看到萊蒙托夫本人的影子。在〈貝菈〉一篇中，畢巧林也是閒來無事，綁架了高加索美女貝菈，並千方百計討好她，當貝菈終於陷入他的情網時，畢巧林對貝菈的熱情又逐漸冷淡。在〈梅麗公爵小姐〉一篇中，畢巧林決心把梅麗追到手時，當時梅麗已幾乎名花有主，一旦梅麗愛上他，向他吐露愛意時，畢巧林卻冷酷地告訴她，他並不愛梅麗。另外，畢巧林也曾同樣地離棄薇菈（〈梅麗公爵小姐〉）。

此外，畢巧林也和他的作者萊蒙托夫一樣，對決鬥似乎樂此不疲。不過，對萊蒙托夫這樣一個浪漫作家而言，有時是戲如人生，有時卻是人生如戲。因此，不見得畢巧林都是萊蒙托夫的寫照，有時萊蒙托夫卻是自己筆下人物畢巧林的翻版。例如，畢巧林在高加索的五峰城碰到昔日老友格魯希尼茨基，後來卻為了女人爭風吃醋，在決鬥中將這位老友一槍打死（〈梅麗公爵小姐〉）。在小說出版約一年後的現實人生中（1841），作家本人也在高加索的五峰城和昔日老友馬爾丁諾夫不期而遇，兩人也是為了女孩子爭風吃醋，因此發生決鬥。不過，很諷刺的，死於槍下的卻是萊蒙托夫本人。

萊蒙托夫與畢巧林的內心世界也有不少相似之處。例如，面對人生的風風雨雨，萊蒙托夫在抒情詩〈帆〉（1832）中，吐露他在風雨中尋求寧靜的心情：

蔚藍的海霧中，
孤獨的帆兒閃著白光……
它去異鄉何所求？
……
騷動不安的船兒祈求著風暴，
彷彿風暴中才有寧靜！

在畢巧林的獨白中，讀者也可發現類似的心境：

何以我不願步上命運為我打開的那條道路？那裡等待著我的是寧靜的喜樂與心靈的安詳……不，我不會安於那種命運的！我像在海盜船上出生、長大的水手，他的心靈已習慣了風暴與戰鬥。一旦把他拋到岸上，他會寂寞，他會苦惱……他整日躑躅在海濱的沙灘，傾聽著滾滾波濤單調的澎湃聲，眺望著霧色蒼茫的遠方……是否閃爍著朝思暮想的帆影……（〈梅麗公爵小姐〉）

除以上所述，萊蒙托夫與畢巧林還有不少相似處，例如：㈠兩人都是有錢貴族出身；㈡兩人都是軍官，並具勇敢的個性；㈢兩人都曾遭流放而派駐高加索；㈣兩人都聰明自負，精力充沛，有過理想，但卻因缺乏人生目標，而苦悶徬徨，到處惹是生非；㈤兩人個性同樣複雜、矛盾。

確實，畢巧林身上有萊蒙托夫的影子，但是我們不可就此認定畢巧林等於萊蒙托夫。我們再進一步考察可以發現，萊蒙托夫與畢巧林也有一些差異。《當代英雄》中的畢巧林大都只關心自己個人，而作者本人則不然。雖然，萊蒙托夫常任性行事，惹是生非，但他的行為與創作也不少是出自對國家斯土斯民的愛，例如：一八三二年，他就讀莫斯科大學時，不滿教授思想顢頇封建，參與驅逐教授運動，也因此遭勒令退學；一八三七年，創作〈詩人之死〉哀悼普希金之死，並控訴當局是造成偉大詩人之死的劊子手。另外，萊蒙托夫在抒情詩〈沈思〉（1838）中，表達對當代人命運的沈痛憂慮；在〈祖國〉（1841）一詩中，謳歌對俄羅斯大地的愛；在〈別了，污濁的俄羅斯〉（1841）一詩中，表達對專制體制的恨。萊蒙托夫對斯土斯民的關懷，這是在畢巧林身上鮮少看到的。因此，萊蒙托夫與畢巧林二者還是有鮮明的差異。也難怪有讀者一口咬定畢巧林就是作者本人的肖像時，萊蒙托夫會大感不快，並板起臉說他們是「太天真、太單純」，甚至是「教育不足」。

三、小說結構

《當代英雄》在結構上相當複雜。它可分別獨立成五篇的短篇小說，但也由於主人翁畢巧林貫穿其間，又結合成一部長篇小說。另外，小說中還包括兩篇序言（全書序言與畢巧林日記序言）。由於小說各篇出版時間不盡相同，而小說各篇的排列順序也並非按照故事情節發生的時間順序安排，因此，《當代英雄》各篇的出版時間順序、情節發生順序、小說結構順序皆不相同。

先簡單介紹出版時間順序。萊蒙托夫於一八三九年分別發表〈貝菈〉與〈宿命論者〉，於一八四〇年出版〈塔曼〉。以上三篇都是以《一位軍官的高加索札記》（Записки офицера о Кавказе）為題，發表於《祖國紀事》（Отечественные записки）雜誌。再於一八四〇年隨後，將以上三篇與〈馬克西姆・馬克西梅奇〉、〈梅麗公爵小姐〉兩篇合併，再加上畢巧林日記序言，集結成冊，以《當代英雄》為名出版。於一八四一年，《當代英雄》發行第二版，不過其中又加了全書序言。

接著，介紹故事情節的順序。不過，我們不討論全書序言，因它與小說情節無直接關係。若以畢巧林為軸心，《當代英雄》各篇情節發生的次序應當如下：

㈠、〈塔曼〉：軍官畢巧林赴高加索途中，路過小城塔曼，無意間撞見私梟的走私活動，於是和他們發生衝突。

㈡、〈梅麗公爵小姐〉：畢巧林在高加索從軍期間，到溫泉區—五峰城渡假，與老同事格魯希尼茨基、舊情人薇菈不期而遇，也認識了公爵小姐梅麗。於是，畢巧林與他們三人發生恩怨情仇的糾葛，並於決鬥中殺死格魯希尼茨基。

㈢、〈貝菈〉：畢巧林因殺死格魯希尼茨基，而被發配最前線要塞，在馬克西姆・馬克西梅奇上尉麾下服役。期間他因貝菈而與卡茲比奇發生衝突，也造成貝菈死於卡茲比奇刀下。三個月之後，畢巧林被調往喬治亞。

㈣、〈宿命論者〉：駐紮前線要塞期間，畢巧林至附近哥薩克村莊公幹兩週。於是，發生他與同袍符里奇玩槍賭命以及醉漢殺人事件。本篇故事與〈貝菈〉發生時間部份重疊。

㈤、〈馬克西姆・馬克西梅奇〉：幾年之後，畢巧林退役，在前往波斯旅遊途中，遇見馬克西姆・馬克西梅奇，以及故事敘述人之一的年輕軍官。

㈥、〈畢巧林日記序言〉：畢巧林在波斯歸國途中逝世，故事敘述人之一的軍官出版了《畢巧林日記》。

再看小說結構的順序：㈠〈貝菈〉；㈡〈馬克西姆・馬克西梅奇〉；㈢〈畢巧林日記序言〉；㈣〈塔曼〉；㈤〈梅麗公爵小姐〉；㈥〈宿命論者〉。其中，第㈢至第㈥篇屬於《畢巧林日記》。

《當代英雄》由三位人物敘述故事與情節。這三位故事敘述人分別是：遊走高加索各地的年輕軍官、馬克西姆・馬克西梅奇、畢巧林本人。小說中，讀者隨著不同的敘述人的觀點，從遠到近、由外到內，逐步地認識畢巧林，並了解他矛盾的心理與悲劇的性格。讀者先透過這位年輕軍官的耳朵，從馬克西姆・馬克西梅奇的口中，「聽到」

畢巧林其人其事（〈貝菈〉）；再由這位軍官的眼睛「看到」主人翁的外在（〈馬克西姆・馬克西梅奇〉）；最後，在其他三篇小說（〈塔曼〉、〈梅麗公爵小姐〉、〈宿命論者〉）中，經由主人翁的自述，讀者終於深入了解這個人物的個性與內心世界。

不過，後三篇的故事雖同屬《畢巧林日記》，但風格迥異，並以不同方式呈現畢巧林的個性與內心的三個不同面向。〈塔曼〉一篇中，除了極少數篇幅由主角表達自身感受外，絕大多數從動態的情節和主角的反應與活動中，表現畢巧林好奇、大膽、勇敢的個性。〈梅麗公爵小姐〉則以日記型態呈現，讀者可從主人翁的自說自話中，直接進入畢巧林的內心世界。〈宿命論者〉則藉由玩槍賭命以及醉漢殺人情節，透露主人翁內心探索的一項主題—人生的一切是否冥冥中都已註定？經由如此複雜的故事結構，萊蒙托夫以循序漸進、由淺入深的手法，將畢巧林栩栩如生地呈現在讀者眼前。

附錄二：萊蒙托夫年表

一八一四年　出生　俄曆十月三日（西曆十月十五日）生於莫斯科。父親是一個窮困的退休軍官，母親則來自富裕的貴族家庭。

一八一七年　三歲　母親過世。父親與母親的家族相處不和，父親接受外祖母阿爾謝尼耶娃的兩萬五千盧布離開，把萊蒙托夫交給外祖母。童年在奔薩省塔爾罕內村（現已改名為萊蒙托夫村）阿爾謝尼耶娃的的莊園度過。

一八二〇年　六歲　與外祖母第一次到高加索礦泉區療養。之後在1826年之前，萊蒙托夫還有幾次去過高加索療養。

一八二七年　十三歲　全家搬到莫斯科，開始寫詩。結交洛普辛家庭，後來愛上洛普辛家中二女兒瓦爾瓦拉。

一八三〇年　十六歲　進入莫斯科大學學習道德學、政治與文學。寫了兩部劇本，並且首次在期刊發表了一首詩。

一八三一年　十七歲　父親過世。

一八三二年　十八歲　與莫斯科大學的考試委員會發生衝突而離開前往聖彼得堡，進入軍校就讀。

一八三四年　二十歲　於軍校畢業，成為騎兵軍官。

一八三五年　二十一歲　敘述詩《哈吉布列克》在未獲萊蒙托夫授權下被出版。完成劇作《化裝舞會》，但是沒有通過政府審查。愛慕對象瓦爾瓦拉與較為年長的富有地主尼古拉·巴赫梅慈夫結婚。

一八三七年　二十三歲　二月，萊蒙托夫因為寫了紀念普希金過世的詩《詩人之死》被流放到高加索的重騎兵團，期間大量的在高加索內旅行。

一八三八年　二十四歲　重返聖彼得堡。參與上流社會活動，與茹科夫斯基（浪漫詩人先驅）及卡拉姆津（重要的感傷主義作家和歷史學家）的遺孀成為朋友。他新作的詩在當時最重要的期刊固定發表。開始創作《當代英雄》。

一八三九年　二十五歲　完成長篇詩作《惡魔》的最後修訂（十年前即開始寫作）。於期刊《祖國紀事》發表《當代英雄》中的《貝菈》（三月）、《宿命論者》

（十一月）。十二月升官成為中尉。

一八四十年　二十六歲　二月，於期刊《祖國紀事》發表《當代英雄》中的《塔曼》。在一場舞會中與法國大使巴朗特的兒子發生爭執，對方要求與萊蒙托夫決鬥。他們用劍打鬥，萊蒙托夫受輕傷，並且被逮捕，再次被短暫流放到高加索。四月，出版完整《當代英雄》。

一八四一年　二十七歲　申請退役被拒絕。夏季，出版了第二版的《當代英雄》（加上了作者的序言）。萊蒙托夫的嘲弄激怒軍校時即結識的馬爾丁諾夫，少校馬爾丁諾夫向萊蒙托夫要求決鬥。決鬥發生於七月十五日（西曆七月二十七日），萊蒙托夫死於決鬥之中。

附錄三：高加索地區示意圖

喬治亞軍用道路：穿越高加索從喬治亞到俄羅斯的道路。該路在1799年由俄國人開始建造，並在1863年完工。起終點位於梯弗里斯和弗拉德卡夫卡斯，總長220公里，是唯一穿越高加索山脈通往俄羅斯的道路。該路由於路況危險，曾被列為全世界40大危險道路。

世界經典 1

當代英雄

Герой нашего времени

作者　米哈伊爾・萊蒙托夫 Михаил Ю. Лермонтов
譯者　宋雲森
編輯　林聖修
封面設計　王志弘
內頁設計　張家榕
行銷　劉安綺
發行人　林聖修

出版　啟明出版事業股份有限公司
地址　台北市敦化南路二段 59 號 5 樓
電話　02-2708-8351
傳真　03-516-7251
網站　www.cmp.tw
服務信箱　service@cmp.tw

法律顧問　北辰著作權事務所
印刷　漾格科技股份有限公司

總經銷　紅螞蟻圖書有限公司
地址　台北市內湖區舊宗路二段 121 巷 19 號
電話　02-2795-3656
傳真　02-2795-4100

初版　2013 年 4 月
二版一刷　2018 年 2 月
ISBN　978-986-95330-4-1
定價　新台幣 380 元

當代英雄 / 米哈伊爾・萊蒙托夫著；宋雲森譯. -- 二版.
-- 臺北市：啟明，民 107.02　面；　公分
ISBN 978-986-95330-4-1（平裝）
880.57　　106025228